# MORD IN DER GENOSSENSCHAFT

## DIE PRIVATDETEKTIV-KRIMISERIE MIT ANNIE HUDSON

### BUCH 4

## VALERIE BRANDY

Veröffentlicht von: Emerald Lion Press.

23901 Calabasas Rd., Ste 2088,

Calabasas, CA 91302.

emeraldlionpress@gmail.com



ISBN: 978-1-964161-53-2

Lektorat von Sharon Lennon-Mehlschau.

Um die Erlaubnis zur Verwendung von Passagen aus diesem Buch in einem anderen Kontext als einer Rezension zu erhalten, kontaktieren Sie bitte den Verlag unter emeraldlionpress@gmail.com.

Besuchen Sie die Website der Autorin unter:

www.valeriebrandy.com

✿ Erstellt mit Vellum

# INHALT

# KAPITEL EINS

IN DEN ZWEI Tagen seit Privatdetektivin Annie Hudson und ihr Partner – FBI-Agent Ethan Beckett – in *Serenity Peaks* angekommen waren, hatte die Kommune ihrem Namen alle Ehre gemacht. Am Fuße der Sierra Nevada gelegen, bestand *Serenity Peaks* aus einer Ansammlung identischer Blockhütten, umgeben von Kiefern. Zwischen ihnen diente ein größeres Gebäude als Küche und Speisesaal, und ein Gemeinschaftsraum ermöglichte es den Bewohnern, Veranstaltungen abzuhalten. Im Hinterhof erlaubten eine Reihe privater Whirlpools den Bewohnern, sich im warmen Wasser zurückzulehnen und über die Gipfel der gewaltigen Berge in den sternenklaren Nachthimmel zu blicken. Die gesamte Anlage grenzte an einen kristallklaren See, wobei die Bäume wie Wächter in den Himmel ragten und die Kommune vor Eindringlingen schützten. Eindringlinge wie Annie und Ethan.

Die beiden waren zur Kommune gereist, in der Hoffnung, einen Verdächtigen namens Russel Grey zu befragen, der bei ihrer Ankunft leider auf Reisen war. Trotzdem hatten sie den Urlaub genossen. Alles in allem war *Serenity Peaks* ein schöner Ort, um sich von der realen Welt abzukoppeln.

Zumindest dachte Annie das, als sie die Tür zum Gemeinschaftsraum öffnete und eine Leiche mitten im Raum vorfand.

»Russel?«, rief eine Stimme neben Annie. Die Stimme gehörte Tania Wildheart, einer molligen Frau mittleren Alters, die sich Annie und Ethan als De-facto-Präsidentin von *Serenity Peaks* vorgestellt hatte. Die Kommune glaubte nicht an Etiketten, aber – wie Tania betont hatte – jemand musste den Laden schmeißen, und das konnte genauso gut sie sein. Sie eilte durch den Raum, schob Annie und Ethan beiseite, als sie sich neben der reglosen menschlichen Gestalt, die mitten auf dem Boden lag, niederkniete und sich vorbeugte, um zu prüfen, ob er atmete.

Der Körper gehörte Russel Grey – Annies einziger Grund, zur Kommune zu kommen. Er war erst vor wenigen Stunden angekommen, und Annie hatte ein Treffen im Gemeinschaftsraum arrangiert, in der Hoffnung, ihn zu befragen. Jetzt schien das unmöglich. Schaum bedeckte seinen Mund, und seine Augen waren starr zur Decke gerichtet, ohne dort irgendetwas zu sehen.

»Er ist-«, Tania würgte an ihren Worten, unfähig, die schreckliche Wahrheit auszusprechen.

»Tot?«, antwortete Annie mit ruhiger Stimme. »Typisch«, fügte sie kopfschüttelnd hinzu. Tania starrte sie entsetzt an, ihr Gesichtsausdruck erschüttert.

»Was meine Partnerin sagen will«, warf Ethan ein und legte Annie eine Hand auf die Schulter, »ist, dass wir hier waren, um mit Russel über etwas Wichtiges zu sprechen. Und es ist ziemlich bezeichnend, dass er – am Tag unseres Treffens – tot aufgefunden wird.«

»Bezeichnend?«, blinzelte Tania mit weit aufgerissenen Augen. »Was meinen Sie damit? Er war gerade außerhalb der Stadt, um Reparaturmaterial für die Generatoren zu besorgen, und dann kommt er nach Hause und – und jetzt –«

»Ist er tot«, nickte Annie zustimmend. »Genau mein

Punkt. Ein kerngesunder Mann verlässt die Stadt für eine zweitägige Reise. In dieser Zeit kommen wir an, in der Hoffnung, mit ihm zu sprechen. Derselbe kerngesunde Mann kehrt nach Hause zurück und nur wenige Stunden nach seiner Ankunft – und Momente vor unserem geplanten Treffen – wird er tot aufgefunden. Verdächtig, findest du nicht?«

Tania saß auf ihren Fersen und strich sich die Haare aus dem Gesicht. Getrocknete Blumen waren in ihre Zöpfe eingeflochten, und eine Kette aus Muscheln baumelte an ihrer Brust. »Ich denke gar nichts«, schüttelte Tania den Kopf. »Außer, dass es ein Unfall gewesen sein muss. Es muss ein Unfall gewesen sein. Solche Dinge passieren einfach nicht in *Serenity Peaks*.«

»Jetzt schon«, zuckte Annie mit den Schultern. Tania starrte sie mit leerem Blick an. »Sie stehen unter Schock«, sagte Annie. »Keine Sorge, wir werden der Sache auf den Grund gehen. Ethan?«

»Ich werde es melden«, stimmte Ethan zu.

Annie näherte sich dem Körper auf dem Boden und beugte sich hinunter, um den Mann zu untersuchen, den sie so dringend hatte treffen wollen. Ein grauer Schnurrbart verband sich mit einem ähnlichen Bart, und sein Gesicht war auf eine Weise faltig, die einen Menschen weise und daher vertrauenswürdig erscheinen ließ.

»Worüber wollten Sie mit ihm sprechen?«, fragte Tania, die zum ersten Mal spürte, dass die beiden Besucher, die sie in der Kommune willkommen geheißen hatte, doch keine alten Freunde von Russel waren.

»Wir haben eine Vorgeschichte«, sagte Annie vage. »Ein Rätsel, bei dessen Lösung Russel mir hoffentlich helfen konnte. Allerdings hatte ich nicht erwartet, dass er mir auf genau diese Weise helfen würde.« Sie deutete auf den reglosen Körper vor ihr.

Russel Grey war die Antwort auf ein Rätsel aus Annies

Vergangenheit – das Rätsel um den Mord an ihrem Bruder sowie das Verschwinden von Ethans Schwester. Annies Beweise hatten sie zu diesem Moment geführt, und jetzt lag der Hauptverdächtige tot vor ihr.

Dennoch konnten Opfer auf ihre eigene stille Art sprechen, und Annie war der Meinung, dass Russel viel zu sagen hatte. Sie hatte gehofft, die Spur würde unkompliziert sein, und jetzt, da Russel ihr neuester Klient war, waren die Dinge erheblich komplizierter geworden.

Annie wandte sich wieder Russel zu und musterte sein Gesicht, als wäre er ein alter Freund.

»Lass uns der Sache auf den Grund gehen, okay?«, fragte sie ihn.

Und damit begann ihre Ermittlung.

# KAPITEL ZWEI

TANIA

Nachdem Tania Wildheart Russels Leiche zusammen mit den beiden Besuchern entdeckt hatte, verbrachte sie den Rest des Abends wie in Trance. Die Polizei wurde gerufen, und Tania beobachtete, wie ihre Streifenwagen vor der kleinen Ansammlung von Hütten vorfuhren, deren rote und blaue Lichter die Nacht auf unheimliche, fremdartige Weise erhellten. Tania hasste es, *Serenity Peaks* von Außenstehenden überrannt zu sehen, die wie Ameisen über das Grundstück wuselten. Ihr Absperrband und ihre Lederstiefel waren eine unwillkommene Erinnerung daran, dass die Welt außerhalb der Kommune ein gewalttätiger, schrecklicher Ort war. Trotz ihrer Ängste nahm Tania einen tiefen Atemzug und übernahm die schwierige Aufgabe, die Operation zu leiten, indem sie der Polizei die Leiche zeigte und ihnen versicherte, dass niemand in der Kommune einen Grund gehabt hätte, Russel zu verletzen.

So war es in *Serenity Peaks* schon immer gewesen. Die Kommune glaubte nicht an hierarchische Führungsstrukturen, und es gab keinen offiziellen Leiter auf dem Grundstück. Dennoch war Tania die dienstälteste Bewohnerin der

Kommune und wurde inoffiziell mit der Leitung betraut, als der Gründer des Anwesens in den Siebzigerjahren starb. Seitdem tat sie alles in ihrer Macht Stehende, um sicherzustellen, dass *Serenity Peaks* der idyllische Rückzugsort war, der der Welt zeigte, wozu Menschen in ihren besten Momenten fähig waren. Tania sah die Kommune als Beispiel dafür, wie das Leben gelebt werden *sollte*. *Serenity Peaks* war der Beweis, dass Menschen sich selbst regieren, als Team arbeiten und generell friedlich zusammenleben konnten, ganz aus eigenem Antrieb.

Natürlich half dieser jüngste Mord nicht gerade, dieses Argument zu untermauern.

Nachdem sie mit Annie und Ethan das Gelände besichtigt hatten, stimmte die Polizei zu, einen offiziellen Bericht zu erstellen, überließ aber den Rest der Ermittlungen dem Duo. Tania staunte über den Einfluss, den die beiden Partner auf die örtlichen Strafverfolgungsbehörden zu haben schienen. Sie beobachtete erstaunt, wie Ethan dem leitenden Beamten eine Art Ausweis zeigte, woraufhin der Beamte sich jedem von Ethans Wünschen zu beugen schien. Wer auch immer diese beiden Personen waren, sie schienen in der Welt der Strafverfolgung eine sehr große Nummer zu sein.

Tania stand mit Annie und Ethan draußen, als Annie dem leitenden Beamten die Hand schüttelte. »Wir werden Ihnen den toxikologischen Bericht zukommen lassen«, sagte der Beamte zu Annie. »Mal sehen, ob wir herausfinden können, was ihn getötet hat.«

Über seine Schulter hinweg wurde Russels Leiche auf einer Bahre hinausgerollt, bedeckt von einer Plane. Zwei Ersthelfer luden ihn in den Wagen und schlossen die Türen hinten mit einem dumpfen Geräusch.

»Es war natürlich ein Unfall«, sagte Tania vage und war sich bewusst, dass ihre eigene Stimme sehr weit weg klang. »Niemand in *Serenity Peaks* hätte Russel verletzen wollen.«

Die Detektive um sie herum tauschten Seitenblicke aus.

»Gnädige Frau«, sagte der Beamte sanft. »Ich hasse es, Ihnen das zu sagen, aber nach dem Schaum um seinen Mund zu urteilen und der Tatsache, dass er zuvor bei ausgezeichneter Gesundheit war, hat dies alle Anzeichen einer Vergiftung.«

*Gift?* Die Vorstellung erschien lächerlich. Doch dann wurde Tania von einer Erkenntnis getroffen. Etwas, das ihr bis jetzt nicht klar geworden war. Das Aufblitzen des Verstehens muss sich auf ihrem Gesicht als Entsetzen gezeigt haben, denn der Beamte streckte die Hand aus und berührte ihren Arm.

»Keine Sorge«, nickte er. »Zum Glück haben Sie zwei der besten Detektive der Welt an Ihrem Fall. Diese beiden sind wie Bluthunde. Annie hier hat einen ziemlichen Ruf. Sie kann allem auf den Grund gehen. Sie werden in Nullkommanichts herausfinden, was mit Russel passiert ist. Der Schuldige wird gar nicht wissen, wie ihm geschieht.«

*Der Schuldige.* In Tanias Ohren klingelte es, ihr Kopf wurde plötzlich leichter. »Nun«, lächelte sie den Beamten an. »Das ist sicherlich beruhigend.«

Die folgenden Stunden waren ein schmerzhafter Schleier. Tania erlaubte der Polizei, das Gebiet nach Fingerabdrücken und Beweisen zu durchsuchen, wobei Annie und Ethan die Führung übernahmen. Inmitten all dessen tröstete Tania mehrere trauernde Bewohner und begrüßte einen Neuankömmling, der sich den schrecklichsten aller Abende ausgesucht hatte, um der Kommune beizutreten. Durch all das war ihr Geist anderswo, abgelenkt von etwas, das in ihrer Hütte lauerte.

Später - als die Polizei gegangen war und die Blinklichter verschwunden waren - begleitete Tania Annie und Ethan zurück zu der Hütte, die sie sich teilten. Dann kehrte sie zu ihrer privaten Unterkunft zurück, die am Rande der Genossenschaft lag, am weitesten vom Rest der Gemeinschaft entfernt. Die schwere Holztür der Hütte quietschte, als sie sie öffnete, ohne sie aufschließen zu müssen - hier vertraute jeder jedem.

Tania schloss die Tür hinter sich und sah sich in ihrem Raum um. Es war eine gemütliche Einzimmerhütte. In der Ecke stand ein kleiner Tisch, umgeben von einer Sammlung von Stühlen. Ein Einzelbett war an die gegenüberliegende Wand geschoben. Der Raum war klein, aber es war alles, was Tania brauchte.

Mit einem Gefühl der Dringlichkeit lief Tania zu einem schmalen Schrank, der als einziger Kleiderschrank des Raumes diente. Sie schob die Schiebetüren auf, sank auf die Knie und tastete nach hinten in den Raum, bis ihre Finger eine kleine Holzbox berührten. Sie zog sie heraus und öffnete sie, darin befanden sich getrocknete Blumen.

Die Blumen waren lila und wuchsen aufrecht in den Tälern rund um die Kommune, ihre Stängel streckten sich in freundlichen Büscheln zum Himmel. Sie waren für jeden, der bereit war, einen kurzen Spaziergang durch den Wald zu machen, leicht zu finden. Wissenschaftler kannten sie als Blumen der Gattung *Lupinus Grayi*, aber gewöhnliche Gärtner nannten sie Gray's Lupine. Sie waren charmant und gaben jedem Garten einen wunderschönen Farbtupfer.

Sie waren auch unglaublich giftig. *Besonders* wenn sie in großen Mengen verzehrt wurden.

Und - erst gestern Abend - hatte ein Mitglied der Kommune Tania um ein Bündel dieser Pflanzen gebeten. Damals hatte Tania sich nichts dabei gedacht. Die Lupine konnte - in einem Tee eingeweicht - in kleinen Mengen zur Behandlung von Schlaflosigkeit verwendet werden. Sie hatte angenommen, dass die Person, die sie um die Pflanzen gebeten hatte, lediglich eine Schlaflosigkeit behandeln wollte.

Aber jetzt, da Russel tot war und der Schaum um seinen Mund ein deutliches Anzeichen für eine Vergiftung war, fragte sich Tania, ob sie einen großen Fehler gemacht hatte.

Sie nahm die braune Box mit zur Toilette und drehte sie

um, ließ den Rest der getrockneten Blumen auf die Wasseroberfläche fallen, wo sie an Ort und Stelle schwammen. Sie zog an einer silbernen Schnur von der Decke, und die Toilette erwachte mit einem Spülgeräusch zum Leben, das Wasser wirbelte in einer Spirale, bis das letzte Blütenblatt verschwunden war.

Dann spähte sie aus ihrem Fenster, um sicherzugehen, dass niemand draußen stand, und öffnete die Haustür. Sie ging zu einer Reihe von Blumenkästen auf der Veranda ihrer Hütte. Sie griff in den Blumenkasten und zog einen Strauß lila Blumen mitsamt den Wurzeln heraus. Mehr Lupinen. Sie vergewisserte sich, dass der Blumenkasten leer war, trug dann die Pflanzen zurück ins Badezimmer und spülte sie sicherheitshalber ebenfalls die Toilette hinunter.

Als die Arbeit getan war, bemerkte Tania die leere Box, die auf dem Waschbecken im Bad stand. Sie brachte die Box zurück an ihren Platz im Schrank und kletterte ins Bett. Sie drehte sich auf die Seite und wunderte sich darüber, wie sich das Leben in einem Augenblick verändern konnte.

# KAPITEL DREI



Fleur Meadows hatte von der Spitze eines Wanderwegs aus, der sich hinter dem Grundstück von *Serenity Peaks* schlängelte, die Ankunft der Polizei beobachtet. Sie war eine zierliche Frau in ihren Zwanzigern, die eine anhaltende kindliche Energie ausstrahlte. Vielleicht lag es an ihrer kleinen Statur oder den Winkeln ihres Kiefers, aber Fleur hatte eine Unschuld an sich, die die Leute glauben ließ, sie sei viel jünger als ihr tatsächliches Alter. Wenig wussten sie davon, wie viel das Leben sie bereits gelehrt hatte.

Fleur kauerte auf einem umgestürzten Baumstamm hinter einer Gruppe von Bäumen und spähte durch die Zweige, um die Kadetten anzustarren, die wie Fliegen über Fleisch über die Kommune herfielen. Sie hielt ein Skizzenbuch in den Händen, daneben eine Tasche mit Künstlerwerkzeug. Am Boden kauernd, schlug sie eine neue Seite auf und begann - mit einem Satz Aquarellstiften - die Szene zu zeichnen, die sich den Hügel hinunter abspielte. Eine schnelle Skizze eines Polizeiautos. Eine farbige Darstellung des Krankenwagens, ein blasses Rot, das dem Original ähnelte. Fleurs Hände arbeiteten schnell und geschickt, der Akt des Kunstschaffens verwandelte ihren Schmerz, wie es immer der Fall war. Der gesamte Prozess dauerte mehr als eine Stunde. Schließlich bemerkte Fleur eine Trage mit einer Gestalt darauf, die in einen weißen Wagen geladen wurde, und hörte auf zu zeichnen. Dies war ein Moment, den sie nicht festhalten wollte. Sie wusste, das Schlimmste war vorbei.

Russels Körper war entfernt worden.

Fleur sah sein Gesicht während des hektischen Treibens nie, aber sie wusste anhand der Trage, dass er tot war. Tränen liefen ihre Wangen hinunter. Sie kauerte regungslos auf dem Baumstamm und beobachtete, wie die Kadetten ihr Absperrband entfernten. Der Moment war vorüber.

Zum ersten Mal in ihrem Leben wurde Fleur mit einem Gefühl konfrontiert, das zu groß war, als dass ihre Stifte und ihr Skizzenbuch es hätten beheben können.

Sie zitterte bei dem Gedanken daran, was sie noch zu tun hatte. Ihr Geist wanderte zurück zu einem Gespräch, das sie vor vielen Wochen mit Russel geführt hatte. Er hatte sie um etwas gebeten. Und jetzt war es an ihr, seine Arbeit allein fortzuführen.

Sie drückte ihr Skizzenbuch fest an ihre Brust. Ihre Liebe zur Kunst hatte sie durch die schlimmsten Momente ihres Lebens getragen. Sie würde diese kreative Kraft brauchen, um den Rest des Plans durchzuführen.

Fleur zog ihre Knie an die Brust und machte sich nicht die Mühe, die frischen Tränen wegzuwischen, die in einem wütenden, emotionalen Schwall ihre Wangen hinunterliefen.

*Es gab noch mehr zu tun.*

# KAPITEL VIER



Mark Wayans führte gerade Wartungsarbeiten am einzigen Fahrzeug von *Serenity Peaks* durch, als er Tanias Schrei aus dem Gemeinschaftsraum hörte. Er hatte auf dem Rücken unter dem Pickup gelegen, sein Gewicht gleichmäßig auf einer Rollliege verteilt, als das Geräusch seine Aufmerksamkeit erregte. Es war seltsam, jetzt daran zu denken, dass - während Mark unter dem Truck lag - Russel ebenfalls auf dem Rücken lag, wenn auch aus einem ganz anderen Grund.

Obwohl Mark den Tumult hörte, entschied er sich dagegen, zum Gemeinschaftsraum zu gehen und nachzusehen. Stattdessen rutschte er unter dem Truck hervor und wischte sich die Hände an einem Lappen ab, öffnete die Motorhaube und untersuchte den Ölwandler im Inneren. Dieser Truck war etwas Besonderes. Er lief ausschließlich mit Maisöl und hatte keine Auswirkungen auf die Umwelt. In Marks Augen war er umweltfreundlicher als Elektroautos und könnte die Antwort auf den Klimawandel sein, wenn genug Menschen bereit wären, für das größere Wohl Opfer zu bringen.

Mark wischte sich die Hände am Handtuch ab und dachte über das Fahrzeug und die Opfer nach, die Menschen füreinander zu bringen bereit waren. Mark war Ende fünfzig, grau-haarig und klug genug zu wissen, dass man anderen helfen musste, wenn man konnte, ohne viel dafür zu erwarten. Mark hatte den Truck Russel überlassen, der gerade von einer Fahrt in die Stadt zurückgekehrt war, um Vorräte zu besorgen. Die beiden Männer teilten sich den Besitz des Fahrzeugs, aber - vorhersehbarerweise - war es an Mark hängengeblieben, die notwendige Wartung durchzuführen, wie immer.

Es war nicht das erste Mal, dass Mark beschlossen hatte, Russel Grey zu helfen und sich dabei schlechter gestellt fand.

Tatsächlich hatte er Russel einmal bei einer Aktivität geholfen, an der zwei Personen beteiligt waren, die er erst Momente zuvor gesehen hatte, als sie Tania in den Gemein-schaftsraum begleiteten. Das Paar, das er als Annie und Ethan kennengelernt hatte. Obwohl er sie erst vor zwei Tagen persönlich getroffen hatte, wusste Mark, wer sie waren. Ihre Ankunft hatte ihn überrascht, aber als er sie mit Russels Abwesenheit in Verbindung brachte, begann das Bild Sinn zu ergeben.

*Typisch Russel, von uns anderen zu erwarten, dass wir das Problem lösen*, hatte Mark bei sich gedacht.

Als Umweltschützer war Mark besonders empfänglich für die Idee, dass viele Probleme die Kraft des Kollektivs erfor-derten, um gelöst zu werden. Er hatte jahrzehntelang für einen Klimawandel-Thinktank an der Ostküste gearbeitet, nur um frühzeitig in den Ruhestand zu gehen, als er erkannte, dass absolut nichts von dem, was er tat, irgend-einen Unterschied machte. Als er nach *Serenity Peaks* kam, fand er einen Neuanfang. Dies war ein Ort, an dem niemand über die Vergangenheit sprach. Tatsächlich lautete die wich-tigste Regel in der Kommune einfach:

*Frage kein anderes Mitglied nach seinem Leben, bevor es hier ankam.*

Die zweite Regel war genauso leicht zu befolgen:

*Sprich nicht über dein eigenes Leben, bevor du hier ankamst.*

Und das machte Marks aktuelle Lage in seinen Augen so frustrierend. Er war an diesen Ort gekommen, um neu anzufangen, aber Russel hatte darauf bestanden, die ersten beiden Regeln zu brechen und Mark in seine Vergangenheit hineinzuziehen. Jetzt wusste Mark etwas, das er nicht wissen sollte. Und er war für mehr verantwortlich, als er verantworten wollte. Mark war in die Kommune gekommen, in der Hoffnung, Menschen zu finden, die andere vor sich selbst stellten, und - in seinen Augen - war Russel ein bisschen egoistisch gewesen und hatte ihn in ein Schlamassel hineingezogen. Er war wütend auf Russel, und die Reinigung des Trucks nach einer weiteren von Russels egoistischen Expeditionen entfachte nur seine Wut. Während er sauberes Wasser durch den Maisölmotor laufen ließ, überlegte er, wie Russel es nicht einmal für nötig befunden hatte, »Danke« zu sagen. Als Russel vor nur fünf Stunden angekommen war, hatte er Mark einfach die Schlüssel des Trucks in die Hand gedrückt und war dann davongeeilt, ohne viel zu sagen. Er hatte kurz erwähnt, dass der »Motor überflutet zu sein schien«, und einen Berg zerknüllter Fast-Food-Tüten auf dem Rücksitz hinterlassen. Typisch Russel.

Mark arbeitete den ganzen Abend über ruhig weiter am Truck und nickte sogar den Polizeibeamten zu, als sie eintrafen. Die Anwesenheit der Beamten beunruhigte Mark, aber er dachte, vielleicht könnte Tanias Schrei mit Wildtieren zusammenhängen, wie einem streunenden Bären. Vielleicht waren sie gekommen, um dem Tierschutz zu helfen. Was auch immer das Problem war, Mark widerstand dem Drang, im Gemeinschaftsraum nachzusehen. Er hatte in letzter Zeit genug selbstlose Aufgaben erledigt, und wo hatte es ihn hingebracht? Bis zu den Ellbogen in einem überfluteten Motor, das war's.

Ein Kadett kam auf ihn zu, Notizbuch in der Hand, mit einem recht freundlichen Gesichtsausdruck.

»Entschuldigen Sie, mein Herr«, nickte der junge Beamte

ihm zu. Er schien neu bei der Truppe zu sein, nicht älter als fünfundzwanzig. »Ich weiß nicht, wie lange Sie schon am Truck arbeiten, aber haben Sie zufällig heute Abend etwas Verdächtiges gesehen?«

Mark lehnte sich gegen den Truck und legte den Schraubenschlüssel, den er hielt, mit einem Klirren auf die Motorhaube. »Bin seit ein paar Stunden hier draußen«, sagte Mark vorsichtig. »Hab nichts Seltsames gesehen. Hab nur einen Tumult gehört und dann seid ihr alle aufgetaucht.« Er machte eine Pause und musterte den Beamten von oben bis unten. »Ist drinnen alles in Ordnung? Was ist los? Ein Bär?«

»Leider nicht«, seufzte der Kadett. »Ein Mann wurde ermordet.«

Marks Herz zog sich in seiner Brust zusammen. *Ermordet? So etwas passierte hier nicht.*

»Wer?«, fragte Mark, befürchtend, dass er die Antwort vielleicht schon kannte.

Der Beamte blickte in sein Notizbuch. »Russel Grey?« Er sagte Russels Namen, als sei es eine Frage. Mark erschauderte, als seine Befürchtung bestätigt wurde.

*Russel*, dachte er. *Warum konntest du die Vergangenheit nicht ruhen lassen?* »Nein«, sagte Mark, den Kopf schüttelnd. »Das - kann nicht sein -« Mark lehnte sich gegen den Truck, die Enge in seiner Brust wurde so stark, dass er dachte, er könnte einen Herzinfarkt haben. Er legte eine Hand auf seine Brust und versuchte, Luft zu holen. Plötzlich erschien ihm sein Ärger auf Russel dumm. Mark durchforstete seine Erinnerungen und versuchte sich an die letzten Worte zu erinnern, die er zu dem Mann gesagt hatte.

Marks Gefühlsregung entging dem Kadetten nicht, der ihm eine Hand auf die Schulter legte. »Es tut mir leid für Ihren Verlust«, antwortete der Beamte und schien es aufrichtig zu meinen. »Standen Sie ihm nahe?«

Die Frage riss Mark zurück in den Moment, und er verspürte den Drang, sich zu verteidigen. »Officer«, sagte

Mark und hob die Hände. »Sehen Sie sich um. Das ist eine Kommune. Natürlich standen wir uns nahe.«

Der Beamte errötete. Er steckte sein Notizbuch weg und spürte, dass er hier alles getan hatte, was er konnte. »Danke für Ihre Zeit«, sagte er und schlurfte davon. »Nochmals, es tut mir leid.«

Mark drehte dem Beamten den Rücken zu und schluckte die Scham hinunter, die er in seiner Kehle aufsteigen fühlte. Er hatte seine Verbindung zu Russel heruntergespielt. Ihn verraten. Mark schüttelte das Gefühl ab und richtete seine Aufmerksamkeit wieder auf den Motorraum des Trucks, dachte aber die ganze Zeit über das Durcheinander nach, das Russel angerichtet hatte. Und nun hatte er zwei Detektive in die Kommune gerufen:

Zwei Detektive, die möglicherweise alles ruinieren könnten.

Und genau wie bei den Fast-Food-Tüten auf dem Rücksitz hatte Russel gehofft, dass Mark es aufräumen würde.

*Nein*, dachte Mark, den Kopf schüttelnd, während tief in ihm Wut aufwallte. *Diesmal nicht, Russel.* Und in diesem Moment tat Mark etwas, das er noch nie zuvor getan hatte.

Er plante, ein Versprechen zu brechen, das er jemandem gegeben hatte, der ihm wichtig war.

# KAPITEL FÜNF



Als Guru Mett die Polizeiautos ankommen sah, wusste er, dass etwas Schreckliches passiert war.

Guru Mett hatte vor seinem privaten Bungalow gestanden, als das Rot und Blau der Lichter über die Straße, die zur Kommune führte, flutete. Er beugte sich gerade mit einer Schere über seine Tomatenpflanzen. Guru Mett war ein rundlicher Mann in seinen späten Siebzigern, der das Gärtnern liebte, und es war ihm gelungen, eine beeindruckende Ernte heranzuziehen. Gemüse säumte die Westseite seines Prunkstücks. Tomaten. Gurken. Paprika. Eine Fülle von Farben lugte aus der Erde, winzige Schilder bezeichneten jede einzelne Pflanze. Auf der gegenüberliegenden Seite wuchsen Blumen in Büscheln mit zuckerwatteartigen Blütenblättern. Veilchen. Petunien. Rankpflanzen schlängelten sich an Gittern empor. Guru Mett genoss die Gartenarbeit, weil sie ihn daran erinnerte, dass ein Mensch kein Geld brauchte, um im Leben für sich selbst zu sorgen.

Das war es, was Guru Mett ursprünglich nach *Serenity Peaks* geführt hatte - das Streben nach einem Leben außerhalb des Geldes. Geld hatte ihn definiert, bevor er in *Serenity Peaks* neu angefangen hatte. Seit seiner Ankunft hatte er den informellen Titel »Guru« angenommen und sich verpflichtet, sowohl sich selbst als auch anderen Mitgliedern der Kommune zu helfen, ihre Verbindung zum Göttlichen zu finden. Im hinteren Teil seines Bungalows befand sich ein privates Meditationszentrum, komplett mit kontemplativen Bodenkissen, Brunnen, Klangschalen und stets bereitstehendem Räucherwerk. In diesem heiligen Raum hatte Guru Mett viele Mitglieder der Kommune getroffen, immer bereit, ihre Sorgen anzuhören. Die Mitglieder von *Serenity Peaks* hatten in seiner Gegenwart geweint, mit ihm gelacht und ihre tiefsten Sorgen geteilt, wobei sie dank seiner Führung immer mit einem neuen Gefühl des Friedens wieder gingen.

Er gab ihnen Trost und ermöglichte es ihnen gleichzeitig, die Vergangenheit loszulassen. Denn in *Serenity Peaks* war die Regel Nummer eins, dass Mitglieder nicht über ihre Vergangenheit sprachen.

Aber - vor Guru Mett - hatten viele der Mitglieder der Kommune dieses Versprechen gebrochen. Sie hatten ihm die tiefsten Teile ihrer selbst anvertraut, und er hatte sein Bestes getan, um ihre Wünsche zu ehren, indem er die Geheimnisse ihrer Vergangenheit für sich behielt. Sie hatten sich vollständig offenbart, mit allen Fehlern - eine Tat, zu der Guru Mett sich in seinem eigenen Leben noch nicht hatte durchringen können.

Er dachte später über diese Tatsache nach, als er wie in Trance zusah, wie ein Paar Ersthelfer Russels verhüllten Körper in einen weißen Wagen schoben.

Unfähig, den Anblick von all dem länger zu ertragen, legte Guru Mett seine Gartenschere nieder und zog sich in seinen Bungalow zurück, in Richtung des privaten Meditationsraums am Ende seiner Unterkunft. Er öffnete die Tür und atmete den süßen Duft von Zedernholz ein. Über ihm glitzerte eine warme Beleuchtung. Pralle Kissen schmückten den Raum. Ein Paar Glasschiebetüren an der gegenüberliegenden

Wand öffnete sich zu einer natürlichen Lichtung am Fuße des Berges. Manchmal wagten sich Rehe oder andere Wildtiere dorthin und erfreuten Guru Mett mit ihrer Gesellschaft.

Guru Mett blickte durch die Schiebetüren, um sicherzugehen, dass niemand zusah - weder Reh *noch* Mensch - dann ging er zu einer Bodendiele in der Ecke des Raumes. Er drückte fest auf die Kante der Planke, und sie hob sich mit Leichtigkeit, wobei ein verborgener Raum darunter zum Vorschein kam. Guru Mett griff in das Loch und holte einen Laptop-Computer heraus.

Solche Geräte waren in *Serenity Peaks* verboten, aber Guru Mett war jemand, der schon immer damit gekämpft hatte, seinen Lastern zu widerstehen. Es gab ein schwaches WLAN-Signal auf dem Berg von einer Satellitenschüssel, aber es sollte nur in Notfällen genutzt werden.

Er hielt den Laptop in seinen Händen und dachte darüber nach, worum Russel ihn gebeten hatte. Er hatte versprochen, diese letzte Handlung für seinen Freund durchzuführen. Aber jetzt, da der Moment gekommen war, schien es eine zu große Aufgabe zu sein.

*Es könnte mich zerstören, wenn ich es ihnen sage*, dachte Guru Mett bei sich, während ihm ein Schauer über den Rücken lief. Jetzt, da *Serenity Peaks* von Strafverfolgungsbehörden wimmelte, erschien Russels Bitte zu groß.

Guru Mett überlegte, dann schob er den Laptop zurück in sein verstecktes Fach.

Er würde warten, beschloss er, auf den richtigen Moment. Er würde die Szene sich entfalten lassen, herausfinden, wem er vertrauen konnte, und dann - und nur dann - würde er handeln.

# KAPITEL SECHS

CORD

Cord Smith war der jüngste Bewohner von *Serenity Peaks*. Mit neunzehn Jahren hatte er sein ganzes Leben lang den Verdacht, dass etwas ernsthaft, schrecklich falsch mit ihm war. Und als er sah, wie die Sanitäter Russels Leiche aus dem Gemeinschaftszentrum trugen, wusste er ohne den geringsten Zweifel, dass er Recht hatte.

»Wo bringt ihr ihn hin?«, rief Cord und versuchte, die Männer aufzuhalten, die die Trage schoben. Er wusste nicht, wann er angefangen hatte zu weinen, aber heiße, nasse Tränen liefen ihm trotzdem übers Gesicht. Plötzlich schlangen sich ein Paar Arme um seine Taille. Es war Tania Wildheart, die De-facto-Anführerin der Kommune, die äußerlich genauso erschüttert aussah, wie Cord sich innerlich fühlte.

»Du musst ihn gehen lassen«, flüsterte Tania in sein Ohr. »Komm her, Schätzchen. Es wird alles gut.«

Obwohl er Tania mit Leichtigkeit hätte überwältigen können, ließ Cord zu, dass sie ihn von der Szene wegführte, einen Arm um seine Schulter gelegt. Cord schluchzte, und eine tiefe Wut stieg in ihm auf.

»Sie nehmen ihn einfach mit, und sie haben noch nicht

mal irgendwas untersucht!«, schrie Cord Tania praktisch an und wischte sich den Rotz von der Nase. »Russel *hat gesagt*, dass das passieren würde. Er hat mir erzählt-«

»Sie untersuchen es«, versicherte Tania Cord. »Es sind zwei Detektive hier. Sie sind die Besten der Welt. Sie werden herausfinden, was passiert ist.«

»Sie müssen die Leute schnappen, die das getan haben! Russel hat mir gesagt, dass er vielleicht nicht immer da sein wird, und wenn ihm jemals etwas zustoßen sollte, sollte ich-«

»Schh«, Tania schüttelte den Kopf, mit einem tadelnden Blick in den Augen. »Was lassen wir zurück?«

Cord atmete aus und versuchte, seinen Atem wieder zu normalisieren. »Die Vergangenheit«, sagte er und wiederholte die wichtigste Regel von *Serenity Peaks*.

Tania nickte. »Wenn Russel dir etwas über seine Vergangenheit erzählt hat, war das ein Fehler. Aber du musst es aus deinem Kopf verbannen. Die Detektive werden sich darum kümmern. Gib ihnen einfach Zeit. Es wird Gerechtigkeit für Russel geben, das verspreche ich dir«, sagte sie und versuchte dabei, sich selbst genauso zu beruhigen wie Cord. »Diese Detektive werden jeden und alles untersuchen. Alle Geheimnisse werden aufgedeckt. Niemand kann sich vor ihnen verstecken.«

*Niemand kann sich verstecken*, dachte Cord bei sich, und plötzlich lief ihm ein eisiger Schauer über den Rücken. Ihm war gerade etwas klar geworden. Etwas Schreckliches. Etwas, an das er bis jetzt nicht gedacht hatte.

Wie ein Zombie ließ Cord zu, dass Tania ihm noch ein paar tröstende Plattitüden anbot, dann machte er sich auf den Weg zurück zu seinem malerischen Bungalow am Fuße des Berges. Cord stolperte im Dunkeln nach Hause, nur das Heulen einer Eule über ihm leistete ihm Gesellschaft. Er war schon oft in der Dunkelheit der Nacht durch die Kommune gelaufen, aber an diesem Abend fühlte sich die schwarze Decke der Nacht zu schwer an, um sie zu ertragen. Dann sah er das warme Licht der Laterne, die er auf seiner Veranda brennen ließ, damit er immer den Weg nach Hause finden konnte.

Cord stolperte die Stufen hinauf und stieß versehentlich einen Metalleimer mit einem Besen darin um. Als inoffizieller Hausmeister der Kommune war Cord dafür verantwortlich, die Gemeinschaftseinrichtungen sauber zu halten. Er wartete den Whirlpool. Hielt den Speisesaal blitzblank. Und hatte - erst heute Morgen - den Gemeinschaftsraum von oben bis unten geputzt. Er hasste den Gedanken, dass Russel in einem Raum sein Ende gefunden hatte, um den er sich nur Stunden zuvor gekümmert hatte.

Cord öffnete die Tür zu seinem Bungalow und bemerkte kaum sein ungemachtes Bett oder den unordentlichen Kamin. Cord hielt zwar die Kommune für andere sauber, machte sich aber selten Gedanken um den Zustand seines eigenen Raums. Er ging ins Badezimmer und öffnete die Tür mit einem schuldigen Blick. Dort, auf dem Waschbecken, war eine Art kleiner Schrein aufgebaut.

Da lag ein Damen-Haarband aus Spitze und Viskose. Eine Männerbrieftasche, geleert von allen Karten und Bargeld. Ein goldener Kreoleohrring, verlassen und von seinem Gegenstück getrennt. Und am wichtigsten, eine Plastik-Eintrittskarte mit einem bekannten Namen auf der Vorderseite: RUSSEL GREY.

Cord nahm die Karte vom Rand des Waschbeckens, neue Tränen bildeten sich in seinen Augen. Dann legte er sich in sein kleines Einzelbett und drückte die Karte an sein Herz.

Russel war sein Freund gewesen. Und jetzt war er weg. Cord machte sich Sorgen, dass die beiden Detektive sein Geheimnis herausfinden und ihm auch den Rest seiner Freunde wegnehmen würden. Er blickte zum Waschbecken, wo die Gegenstände in einer Reihe standen. Sie erinnerten ihn an Soldaten eines Erschießungskommandos, die alle auf *ihn* zeigten.

# KAPITEL SIEBEN

BANKS

Banks hatte einen ungünstigen Zeitpunkt gewählt, um in seinem neuen Zuhause in *Serenity Peaks* anzukommen.

Er war gerade mit einer sehr teuren Autofahrt aus der Stadt beim Kommunegelände angekommen, als Russel Grey tot aufgefunden wurde. Als Banks' Auto ihn am oberen Ende der schmalen, unbefestigten Straße, die zu *Serenity Peaks* führte, absetzte, war er überrascht, eine Ansammlung von Polizeiautos in der Einfahrt zu sehen, deren Scheinwerfer wie eine Symphonie aus Augen direkt auf ihn gerichtet waren.

Banks schob seine Reisetasche höher auf seine Schulter, in der sich sein gesamter weltlicher Besitz befand. Er schritt auf die Hütten zu und hielt an, um einen Polizisten zu fragen, was passiert sei.

»Ein Mann wurde vergiftet«, antwortete der Beamte, während er etwas in sein Notizbuch schrieb. »Sie sind neu hier?«, fragte er.

»Das neueste Mitglied«, sagte Banks fröhlich und schob seine Brille höher auf die Nase. Banks war stolz auf sein intellektuelles Erscheinungsbild. Er trug eine Brille mit schwarzem Rand, ein Flanellhemd und hielt seinen Gesichtsbart in einem makellos gepflegten Muster, vervollständigt durch einen straff nach hinten gebundenen Männerdutt. Er sah aus wie viele urbane Hipster in Städten auf der ganzen Welt – der Unterschied war, dass Banks ein Mann war, der bereit war, nach seinen Überzeugungen zu leben und nicht nur darüber zu »reden«. Deshalb war er nach *Serenity Peaks* gezogen. Banks war ein Mann der Tat.

»Sie sollten vielleicht mit ihr sprechen«, der Beamte zeigte auf eine Frau mit Blumen im Haar. Banks erkannte sie sofort als Tania Wildheart, mit der er vor seiner Anmeldung bei der Kommune über Zoom gesprochen hatte. Tania hatte seine Fragen beantwortet und ihn sich direkt wie zu Hause fühlen lassen.

Banks winkte Tania zu, die auf ihn zulief. »Du meine Güte«, sagte sie und schlug sich an die Stirn. »Ich habe deine Ankunft völlig vergessen – bei all dem Aufruhr –«

»Was ist passiert?«, fragte Banks mit zusammengekniffenen Augen. »Der Beamte sagte, jemand sei ermordet worden?«

»Du musst verstehen, so etwas passiert hier einfach nicht. Wir hatten noch nie so etwas auf dem Gelände. *Serenity Peaks* ist ein sicherer Ort ...«

Banks' Magen drehte sich um, ein übles Gefühl ließ seinen Hals eng werden. »Wer wurde getötet?«, fragte er und befürchtete, dass er einen schrecklichen Fehler gemacht hatte, als er diese Herausforderung annahm.

»Russel Grey«, antwortete Tania, ihre Stimme von hundert Schattierungen von Blau gefärbt. »Er war ein wunderbarer Mann. Ich bin so traurig, dass du ihn nie kennenlernen wirst.«

Banks' Kiefer verhärtete sich zu einer stählernen Linie, als er seine Reisetasche auf die andere Schulter schob. Sie fühlte sich plötzlich sehr schwer an. »Ich auch«, sagte Banks und meinte es wirklich.

Diese neue Entwicklung verkomplizierte alles, und plötzlich ärgerte sich Banks über die lange Fahrt im Auto auf einer sich windenden Bergstraße. Denn die Wahrheit war – Banks hatte sich *sehr* darauf gefreut, Mr. Russel Grey kennenzulernen.

»Soll ich dich dann zu deiner Hütte bringen?«, fragte Tania, nahm Banks am Ellbogen und führte ihn zu einem Bungalow in der Mitte der Gruppe. Banks ließ sich von ihr zu seinem neuen Zuhause begleiten und versuchte dabei, seine Aufregung zu verbergen. Nachdem sie die Tür zu seiner Hütte aufgeschlossen und ihm den Schlüssel übergeben hatte, zeigte Tania ihm, wie man ein Festnetztelefon bedient, das in der Ecke eingesteckt war. Sie öffnete den Wäscheschrank, um ihm frische Bettwäsche anzubieten. Nachdem die erste Führung beendet war, erinnerte Tania Banks an die Hauptregeln der Kommune.

»Kein Reden über deine Vergangenheit oder Fragen an andere Mitglieder über ihre eigenen Geschichten«, sagte Tania. »*Serenity Peaks* ist ein Ort für Neuanfänge. Wir möchten, dass jeder neu beginnt.«

»Ich erinnere mich von unserem Zoom-Anruf«, stimmte Banks zu.

»Das ist noch etwas Wichtiges«, fuhr Tania fort. »Keine Handys, Computer oder Internet. Wir *erlauben* den Bewohnern, den Computer im Gemeinschaftsraum für drei Stunden jeden Freitag zu nutzen, aber ansonsten leben wir *in der Gegenwart*.« Sie breitete ihre Arme aus und atmete tief ein, wobei sie die Augen schloss, als stünde sie am Rande eines Berggipfels. »Wir leben für den *Moment*, nicht als Ideen in einer Maschine. Der Mangel an Technologie ermöglicht es uns allen, miteinander in Verbindung zu treten. Festnetztelefone sind erlaubt«, sie nickte auf das Wählscheibentelefon auf seinem Nachttisch. »Aber wir ermutigen die Bewohner wirklich, Teil der Gemeinschaft zu sein und sich selbst das Geschenk zu machen, sich mit anderen zu verbinden.«

»Klingt großartig«, antwortete Banks.

»Und der Name, mit dem du angesprochen werden möchtest? Ist es immer noch derselbe, den du zur Registrierung verwendet hast?«

Stimmt. Banks hatte es vergessen. Jeder Bewohner durfte bei der Anmeldung für die Kommune einen neuen Namen verwenden. Es war Teil ihres »Lass die Vergangenheit hinter dir«-Unsinns.

»Banks ist gut«, sagte er achselzuckend. Er hatte seinen Geburtsnamen sowieso schon lange nicht mehr benutzt. Er hatte sich unter Banks angemeldet, weil es einer seiner Lieblingsaliasse war. Warum jetzt ändern?

»Ausgezeichnet«, sagte Tania und tätschelte seine Hand. »Ich werde dich der Gruppe so vorstellen. Morgen natürlich. Es wird ein schwieriger Tag werden, aber wir werden ihn gemeinsam durchstehen.«

*Du hast ja keine Ahnung*, dachte Banks bei sich. Er wartete, bis Tania gegangen war und die Holztür der Hütte hinter sich geschlossen hatte. Er hob den Vorhang am Fenster an und beobachtete, wie sie über das Gelände schritt und außer Sicht geriet.

Dann griff er in seine Reisetasche und riss einen Stoffflicken ab, der etwas im Futter verbarg: ein Handy. Er öffnete seine Textnachrichten und schickte ein paar Worte an eine vertraute Nummer:

**Banks**
Wir haben ein Problem

# KAPITEL ACHT

FÜR ANNIE und Ethan war die Nacht lang. Von dem Moment an, als sie die Leiche von Russel Grey entdeckten, schien die Zeit sich in eine sich windende, undefinierbare Spirale zu verwandeln. Der Polizeichef – der nicht nur für *Serenity Peaks*, sondern auch für mehrere Städte weiter unten am Berg zuständig war – war mehr als glücklich darüber, die Verantwortung für den Fall an die beiden als externe Spezialisten abzugeben, angesichts Annies Ruf und Ethans FBI-Zugehörigkeit. Die folgenden Stunden verbrachten sie damit, einen Plan für das weitere Vorgehen zu erstellen, vom Informationsaustausch bis hin zu toxikologischen Untersuchungen. Annie und Ethan untersuchten den Gemeinschaftsraum zusammen mit den Beamten und suchten nach Anzeichen eines Kampfes, von denen es keine gab. Als der letzte Streifenwagen aus der Einfahrt fuhr, war es drei Uhr morgens, und Annie spürte, wie ihre Beine unter ihr nachzugeben drohten.

Ethan schien es zu bemerken und hakte seinen Arm bei Annie ein. »Zeit, Schluss zu machen«, sagte er zu ihr. Sie waren allein vor dem Gemeinschaftsgebäude, und die plötzliche Stille war erschreckend. Die Frau, die die Kommune leitete – Tania Wildheart – hatte sich längst in ihre Hütte zurückgezogen, und auch die wenigen Mitglieder der Kommune, die neugierig herausgeschaut hatten, waren wieder in ihre Hütten zurückgekehrt. Ohne das Scharren der Polizeistiefel auf dem Boden war der Wald wieder still. Die Sterne funkelten am Himmel, und das leise Zirpen der Grillen tat wenig, um die Leere zu füllen.

»Ins Bett«, stimmte Annie zu und dachte daran, wie sehr sie Stille hasste. In den ruhigen Momenten konnte Annie über die Dinge nachdenken, die sie am meisten in der Welt störten. Ihre Abneigung gegen Stille war einer der Gründe, warum sie das Lösen von Rätseln so sehr liebte. Ein Puzzle zusammenzusetzen gab ihrem geschäftigen Geist etwas zu tun, der sonst in die falsche Richtung abdriften würde, wenn er ohne Beschäftigung bliebe.

Blätter knirschten unter Annies Füßen, als das Paar seinen Weg zurück zu dem kleinen Bungalow antrat, den sie begonnen hatten, ihr Zuhause zu nennen. Sie waren erst vor zwei Tagen in der Kommune angekommen, aber die Hütte hatte eine nostalgische Ausstrahlung, die es einer Person leicht machte, sich in dem Raum zu entspannen. Senfgelbe Vorhänge hingen von der Decke, und eine Paisley-Tapete schmückte die Rückwand. Es war ein Einzimmerstudio, hatte aber eine eigene kleine Küche und ein ordentliches, hübsches Bad mit Kristallgriffen am Waschtisch. Ein weicher, sauberer Teppich schmückte den Boden, und der gesamte Effekt ließ Annie denken, dass es vielleicht der beste Ort war, an dem sie je übernachtet hatten.

Ethan sprang unter die Dusche, während Annie auf das Bett fiel und das Fehlen eines Fernsehers beklagte. Das war eine Sache, an die sie sich in *Serenity Peaks* noch nicht gewöhnt hatte – das Fehlen von Technologie. Trotzdem gab es immer noch Bücher. Annie überlegte, eines der Taschenbücher herauszunehmen, die auf dem Bücherregal gestapelt waren, das zur Hütte gehörte, aber sie war zu müde, um sich vom Bett zu bewegen. Stattdessen hörte sie dem laufenden Wasser zu, wissend, dass es eiskalt war. Ethan nahm seine Duschen kurz und schmerzhaft, ohne das Wasser jemals heiß zu drehen.

Das Wasser wurde abgestellt, und Ethan kam aus dem Badezimmer, ein Handtuch um die Hüfte gewickelt. Er schloss die Tür hinter sich und schaltete das Licht aus, sodass nur noch die Nachttischlampe brannte. Er kletterte neben Annie ins Bett und schlang seine Arme um sie, küsste ihr Ohr.

»Wir sind näher dran«, sagte er leise, obwohl sonst niemand in der Nähe war. »Wir können die Vergangenheit lösen.«

»Ich weiß nicht, ob irgendjemand die Vergangenheit lösen kann«, sagte Annie mit hohler Stimme.

»Hey«, Ethan stützte seinen Kopf auf seinen Arm und setzte sich auf, um sie besser ansehen zu können. »Du hast vielleicht recht damit. Aber wir bewegen uns auf eine bessere Zukunft zu.«

»Ich kann einfach nicht glauben – wir kommen hier an und unser Hauptverdächtiger ist tot.«

»Spielt keine Rolle«, zuckte Ethan mit den Schultern. »Annie, ich habe noch nie jemanden mit einem Verstand wie deinem getroffen. Du kannst alles schaffen. Das ist eine riesige Spur, und du wirst sie entschlüsseln, auch wenn der Hauptverdächtige tot ist.«

Annie starrte in seine Augen, so hoffnungsvoll und zuversichtlich. Sein Vertrauen in sie ließ sie wegschauen wollen. »Ich weiß, es ist naiv, aber ich habe einfach gehofft-«

»Was?«

»Ich habe gehofft, es würde einfach sein«, zuckte Annie mit den Schultern. »Ich habe gehofft, wir würden herkommen und Russel Grey würde die Hände hochheben und sagen: 'Na gut, ihr habt mich erwischt. Ich bin der berüchtigte Serienmörder, nach dem ihr sucht, der Menschen getötet hat, die ihr geliebt habt.'«

»Wow«, nickte Ethan. »Das ist überraschend optimistisch, für dich.«

»Und jetzt kann er uns nicht sagen, was passiert ist, weil er tot ist«, sagte sie und blickte zur Decke, um die Punkte dort zu zählen. »Ich bin es leid, die Rätsel anderer Leute zu lösen, aber nie mein eigenes knacken zu können.«

Ihre Wangen röteten sich, als sie die Wahrheit laut aussprach. Annie liebte die Befriedigung, die sie empfand, wenn sie anderen half, angesichts eines Gewaltverbrechens Auflösung zu finden. Aber mit jedem Opfer, dem Gerechtigkeit widerfuhr – mit jedem Familienmitglied, dem Abschluss gegeben wurde – konnte Annie nicht anders, als zu spüren, wie sich die kleine Wunde in ihrer Brust vertiefte.

»Es ist, als wäre ich verflucht«, sagte sie. »Ich kann nur die Rätsel lösen, die mich nicht näher daran bringen, mich zu fühlen...«

»Vollständig«, nickte Ethan verständnisvoll. Er nahm ihre Hände in seine.

»Vielleicht sollten wir weggehen«, sagte Annie und schaute aus dem Fenster. Sie dachte darüber nach, was die Welt sie bisher über das Leben gelehrt hatte: dass man in der Lage sein muss, für sich selbst zu sorgen. Die Welt war ein kalter Ort brutalen Wettbewerbs. Annie hatte die meiste Zeit ihres Lebens in heruntergekommenen Motels und auf den Straßen großer Städte verbracht und das Schlimmste gesehen, was die Welt zu bieten hatte. Seit dem Tod ihres Bruders war Ethan die einzige Person, der Annie jemals wirklich vertraut hatte – und selbst *das* hatte mehr als ein Jahrzehnt und eine gemeinsame Vergangenheit gebraucht. »Dieser Ort – diese Menschen – sie verdienen im Moment Besseres als mich.«

»Ich weiß, es fühlt sich an, als wären wir jetzt weiter entfernt, da Russel tot ist, aber ich glaube, wir könnten näher dran sein, als du denkst.«

»Warum?«, fragte Annie.

»Wer auch immer ihn ausgeschaltet hat, wollte nicht, dass er redet. Es ist eine Bestätigung, dass wir auf der richtigen Spur sind. Das ist groß, Annie. Was auch immer hier vor sich geht, es fühlt sich an, als wäre es mehr als ein einzelner Täter.«

Annie dachte über Ethans Worte nach, als würde sie aus einem Nebel auftauchen. Sie setzte sich auf, als hätte sie der Blitz getroffen, schockiert, dass sie so etwas nie in Betracht gezogen hatte. »Es *scheint* wirklich größer zu sein, oder? Die Tatsache, dass sie solche technologischen Fähigkeiten hatten. Selbst Milo hatte Schwierigkeiten, durch die Proxys zu kommen. Und sie wussten, wie sie eine Nachricht an mich übermitteln konnten. Und jetzt Russel-«

»Genau«, nickte Ethan. »Beim FBI suchen wir nach bekannten Verbindungen und bewerten die Stärke der Verbindung. Wir sind darauf trainiert, nach Indikatoren für eine Zellorganisation zu suchen. Das hat alle Elemente...«

Annies Mund klappte auf, Traurigkeit blitzte in ihren Augen auf. »Du hast es gesehen und ich nicht.« Sie hielt inne und dachte über ihre eigenen blinden Flecken nach. »Ich war so allein auf der Welt, ich nahm an, wer auch immer das getan hat, müsse sich genauso fühlen. Aber du hast recht – es kann nicht eine einzelne Person sein –«

»Die Natur liebt es, Systeme aufzubauen«, stimmte Ethan zu. »Das Böse findet sein Gegenstück.«

»Und was ist mit dem Guten?«, fragte Annie und drehte sich um. »Findet das Gute jemals sein Gegenstück?«

»Menschen waren nicht dazu bestimmt, allein zu sein, Annie«, sagte Ethan.

Er küsste sie, und das Zirpen der Grillen erfüllte die Nacht. Annie lehnte sich an seine Brust, als sie die Augen schloss und über Russel Grey nachdachte. Sie fragte sich, welche Geheimnisse er wohl besessen hatte, die es wert waren, dafür zu sterben. Sie versuchte, Ethans Worten zu glauben. Sie versuchte zu glauben, dass Menschen nicht dazu bestimmt waren, allein zu sein. Aber sie konnte nicht anders, als zu denken, dass – in einer so brutalen Welt – Alleinsein der klügste Weg zu überleben schien. War es möglich, dass Russel zu einer anderen Schlussfolgerung gekommen war und dafür mit seinem Leben bezahlt hatte?

# KAPITEL NEUN

AM NÄCHSTEN MORGEN erwachte Ethan und fand sich allein im Bett wieder, neben ihm ein leerer Abdruck, wo Annie geschlafen hatte. Er setzte sich auf, rieb sich die Augen und suchte im kleinen Bungalow nach einem Zeichen der Frau, die er liebte: Sie war nicht da. Dann bemerkte er, dass der Vorhang zurückgezogen war und den Blick aus dem Fenster auf die kleine Veranda freigab, die ihre Hütte umgab. Annie saß im Schaukelstuhl mit einer Tasse Kaffee in den Händen.

Ethan stand auf, zog sich eine Jogginghose und ein T-Shirt über und ging zur Haustür hinaus. Die frische Morgenluft öffnete seine Lungen, als er sich neben Annie setzte.

»Na?«, fragte Ethan. Er wusste, dass sie die Nacht damit verbracht hatte nachzudenken, im Schlaf und im Wachen, wie sie es so oft tat. Er konnte nur raten, zu welchem Schluss sie über das Leben, das Rätsel von Russels Tod und den langen Weg, der sich vor ihnen auftat, gekommen war.

Sie drehte sich um, und er war erleichtert zu sehen, dass sie lächelte, ihre Augen wieder mit dem Feuer erleuchtet, das sie selbst unter unmöglichsten Umständen vorwärtstrieb.

»Na was?«, gluckste Annie mit einem neckischen

Unterton in ihrer Stimme. »Es ist ein wunderschöner Morgen, und-« Sie hielt inne und blickte auf den weiten Wald vor ihnen.

»Und?«

»Und wir haben eine Aufgabe zu erledigen.«

————

Später trafen sich Annie und Ethan mit dem Rest der Kommune im Speisegebäude zum Frühstück. Das Speisegebäude war eine große Blockhütte mit einem runden Tisch, an dem alle Mitglieder in egalitärer Weise Platz finden konnten. Hinter dem Tisch loderte ein steinerner Kamin, und zwei Bücherregale schmückten die Wand. Vor dem Feuer standen zwei Sofas für Spieleabende und Gespräche bis in den Abend hinein. Im hinteren Teil der Hütte zeigte eine offene Küche einen hochmodernen Viking-Ofen und breite, gewerbliche Schränke, die einen Edelstahlkühlschrank umrahmten. Die Kommune lag eine vierzigminütige Autofahrt vom nächsten Versorgungsgeschäft entfernt, und wie Annie gelernt hatte, war die Sicherstellung von Platz für Lebensmittelvorräte eine Priorität für die Gruppe. Tania hatte erklärt, dass sie sich bei der Zubereitung verschiedener Mahlzeiten abwechselten und einmal pro Woche in die Stadt fuhren, um die nötigen Vorräte zu besorgen. An diesem Morgen war Tania an der Reihe, das Frühstück zuzubereiten, und sie hatte der Gruppe eine wunderschöne Auswahl an frisch gebackenen Muffins, Grissini, Rühreiern und Speck bereitgestellt, alles auf den Küchenarbeitsplatten in silbernen Cateringbehältern ausgebreitet.

Jetzt saß die Gruppe am Tisch, jeder hatte sich seinen eigenen Teller zusammengestellt. Gläser mit Orangensaft klirrten, aber niemand sprach. Stattdessen waren alle Augen auf Tania gerichtet, wartend. Sie räusperte sich, während hinter ihr die Flammen im Kamin knisterten.

»Wie viele von euch wissen, wurde Russel Grey gestern Abend für tot erklärt«, sagte Tania und blickte auf den Tisch.

Annie ließ ihren Blick durch den Raum schweifen, um die Reaktionen der Bewohner einzuschätzen. Neben Tania tupfte die junge Frau - Fleur Meadows - mit einer Serviette ihre Augen ab und wirkte aufrichtig bedrückt. Neben ihr rutschte Guru Mett auf seinem Stuhl hin und her, zupfte an seinem Bart, bevor er ihr gedankenvoll die Schulter tätschelte. Am anderen Ende des Tisches saß Mark mit versteinerter Miene, sein Kiefer in ein festes, wütendes Quadrat gepresst, das seinen Kiefermuskel zucken ließ. Neben ihm saß Cord Smith, den Annie als den Hausmeister kennengelernt hatte. Er war jung - kaum dem Teenageralter entwachsen - und schien Annie irgendwo auf dem Spektrum zu sein. Nach den Tränen zu urteilen, die über seine Wangen liefen, war er kein Mensch, der seine Gefühle leicht verbergen konnte. Schließlich saß neben Ethan ein neues Mitglied der Kommune, das Annie noch nicht kennengelernt hatte, das aber letzte Nacht angekommen war.

»Es ist schmerzhaft, einen der Unseren zu verlieren«, sagte Tania und legte ihre Hände auf den Tisch, als wäre sie ein Präsident, der das amerikanische Volk aus dem Oval Office anspricht. »Aber wir müssen weitermachen. Die Polizei glaubt, er wurde vergiftet-«

Mark keuchte auf und fing sich dann wieder, nahm einen Schluck von seinem Orangensaft mit unsicherer Hand. »Vergiftet?«, sagte er und unterdrückte seine Emotionen.

»Das glauben sie im Moment«, nickte Tania. »Glücklicherweise sind zwei unserer neuesten Ankömmlinge auch erstklassige Detektive, die sich bereit erklärt haben, den Fall zu übernehmen.«

Alle Köpfe drehten sich zu Annie und Ethan, die wie erstarrt an ihren Plätzen saßen.

»Kommt euch das nicht seltsam vor?«, fragte Cord und verschluckte sich ein wenig an seinem Croissant. »Ich meine, ihr beide taucht auf und dann stirbt Russel und ihr seid *zufällig* Detektive.«

Annie bemerkte die Röte in Cords Gesicht. Seine Wangen waren rot, die Emotion der Wut war in seinen Augen ablesbar. Annie räusperte sich und stand auf, da sie spürte, was sie tun musste.

»Cord«, sie lächelte ihn an. »Du hast - absolut recht.«

Gemurmel hallte um den Tisch angesichts dieses erstaunlichen Geständnisses.

»Es ist sehr seltsam«, fuhr Annie fort. »Dass Ethan und ich gerade zwei Tage vor Russels Ermordung ankamen. Und im Interesse der Freundschaft und des Geistes dieser Kommune, die von - was war es noch mal?«

»Verbindung«, nickte Tania.

»*Verbindung*«, lächelte Annie. »Im Interesse dessen werde ich ehrlich zu euch sein. Ethan und ich kamen mit nur einer Absicht in diese Kommune - um mit Russel Grey zu sprechen. Und ich bin sehr besorgt, dass unsere Ankunft der auslösende Faktor gewesen sein könnte, der zu seinem Tod führte.«

Weiteres Gemurmel driftete über den Tisch, als Guru Mett Fleur etwas zuflüsterte, die nicht reagierte, sondern stattdessen wie erstarrt, skulpturengleich auf ihrem Stuhl saß.

»Ich glaube, jemand hier wollte Russel Grey tot sehen, wegen dem, was er uns erzählt hätte. Und ich werde herausfinden, wer ihn vergiftet hat. Mit eurer Hilfe natürlich.« Sie lächelte fröhlich, als hätte sie sie gerade alle zum Tanz aufgefordert.

»Wie könnten wir helfen?«, fragte Guru Mett und beugte sich über seine Eier. Er trug eine Wollmütze auf dem Kopf und griff nach hinten, um sie leicht zu justieren. »Keiner von uns weiß, was mit Russel passiert ist.«

»Einer von euch weiß *ganz sicher*, was mit Russel Grey passiert ist«, sagte Annie. »Aber das ist weder hier noch da. Es sind nicht die Informationen, die ich von einer einzelnen Person erhalte, die am wichtigsten sind, sondern das Gesamtbild. Jeder einzelne von euch könnte etwas Wertvolles beitragen. Ich hoffe, ihr werdet ehrlich zu mir sein. Egal wie unbedeutend ein Detail euch erscheinen mag, ich brauche die Wahrheit darüber. Können wir uns darauf einigen?«, fragte Annie und deutete um den Tisch herum.

Sechs Augenpaare blinzelten sie an. Niemand bot eine Bestätigung. Tania räusperte sich und brach die Stille.

»Annie wird im Laufe der Woche Einzelgespräche führen. Ich habe ihr versichert, dass wir alle kooperieren werden, angesichts des Gemeinschaftsgeistes in unserer kleinen Genossenschaft.«

Zustimmung kam von allen Seiten des Tisches.

»Natürlich werden wir das. Es ist spirituell korrekt«, meinte Guru Mett.

»Alles für Russel-«, sagte Cord, seine Stimme angespannt und voller Emotion.

»-bereit, auf jede mögliche Weise zu helfen-«, murmelte Mark.

»Bin gerade erst angekommen, aber ich werde beitragen, was ich kann«, nickte Banks.

»Warum sollten wir dir vertrauen?« Fleurs klare Stimme durchbrach die Menge. Sie starrte Annie an. Es gab einen stechenden Moment des Unbehagens, als der Rest des Tisches sie anstarrte. Fleur blickte die anderen Mitglieder der Kommune ernst an, ihre Wangen gerötet, die Augen wässrig. »Was?« Sie wandte sich wieder an Annie. »Du bist gerade erst hier angekommen, und jetzt ist Russel tot. Woher *wissen* wir, dass es sicher ist, mit dir zu sprechen? Was, wenn wir dir etwas erzählen und dann genauso enden wie er?«

Annie nickte ernst, als ob sie zustimmen würde, dass Fleur einen sehr wichtigen Punkt ansprach. »Du hast absolut recht«, sagte Annie. »Ich muss zustimmen, dass - bis wir herausfinden, was mit Russel passiert ist - hier niemand sicher ist. Da sonst niemand auf dem Grundstück war, war der Mörder fast sicher ein Bewohner der Kommune. Mit anderen Worten, der Mörder sitzt wahrscheinlich genau an diesem Tisch.«

Seitenblicke kreuzten sich am runden Esstisch. Guru Mett schob seinen Orangensaft subtil von Fleur weg, als hätte er sich gerade erst daran erinnert, dass Russel vergiftet wurde, und er ihr nicht in der Nähe seines Glases traute. Die Bewegung entging Fleur nicht, die ihm einen skeptischen Blick zuwarf.

»Wirklich?«

»Ich hatte nur Durst«, sagte Guru Mett defensiv und nahm einen kleinen Schluck von seinem Saft, sah aber ängstlich aus, als er schluckte.

»Der Punkt ist«, fuhr Annie fort. »Ihr habt jedes Recht, um eure Sicherheit besorgt zu sein. Aber ich glaube, ihr seid alle zu dieser Kommune gekommen, um das größere Wohl des Ganzen über die egoistischen Interessen des Einzelnen zu stellen. Ich bitte euch um Hilfe, weil Russel euer Freund war. Und er verdient Gerechtigkeit.«

Ein paar Nicken um den Tisch zeigten Annie, dass sie ihren Punkt klar gemacht hatte.

»Ich hätte es nicht besser sagen können!« stimmte Tania Wildheart zu und klatschte in die Hände. »Was mich zum nächsten Punkt unseres Frühstücksgeschäfts bringt. Wir haben einen neuen Gast. Bitte heißt Banks alle auf die *Serenity Peaks*-Art willkommen.«

Seufzend stand die Gruppe auf und bildete eine Reihe vor Banks, der über diese neue Entwicklung ziemlich alarmiert aussah. »Oh, sie müssen nicht-«, begann er zu sagen, bevor Tania ihn unterbrach.

»Unsinn, es ist *Serenity Peaks*-Tradition.«

Guru Mett war der Erste in der Reihe. Er nahm beide Hände und legte je eine auf Banks' Schultern. Dann lehnte er seine Stirn an Banks' Stirn und sagte: »Ich bin für dich da.«

»Äh, danke?« sagte Banks, offensichtlich unwohl mit dieser Annäherung.

Als Nächstes trat Fleur vor und führte die gleichen Bewegungen aus, zwei Hände auf jeder Schulter und das Pressen ihrer Stirn an seine. Einer nach dem anderen versicherte jedes Mitglied der Kommune Banks ihre Unterstützung mit den Worten: »Ich bin für dich da.«

Als alle die Aufgabe erfüllt hatten, konnte Tania nicht anders, als Annie und Ethan anzuschauen, ein hoffnungsvoller Glanz in ihren Augen. »Möchtet ihr...«

Ethan unterbrach die Möglichkeit, bevor Tania sie überhaupt als Idee anbieten konnte. »Oh, wir sind gut«, sagte Ethan. »Professionelle Grenze und so.«

»Ihr werdet euch noch in uns verlieben!« lachte Tania ihn an. »Der Willkommensgruß erinnert daran, dass wir in *Serenity Peaks* alle füreinander da sind.«

»Nun, wir *waren* es«, sagte Guru Mett geistesabwesend, während er seinen Orangensaft mit einem Grissini umrührte und in das Glas starrte, als könnte es Antworten auf eine lästige Frage enthalten. Als er aufblickte, war er überrascht, den Rest der Gruppe ihn anstarren zu sehen. »Oh, ich meinte nur-«, stotterte er. »Russel ist- tot. Also- nicht so sehr mit dem 'für dich da sein'. Zumindest nicht für ihn.«

Und damit klatschte Tania in die Hände, bereit, das Frühstück zu beenden.

»Banks, ich werde dich auf die Willkommenstour mitnehmen!« Sie wandte sich an Annie und Ethan. »Möchtet ihr zwei euch uns anschließen?«

»Eigentlich«, nickte Annie und drückte Ethans Ellbogen, bevor er ablehnen konnte, »scheint das eine großartige Idee zu sein.«

# KAPITEL ZEHN



Banks folgte Tania durch die Kommune und war sich Annies und Ethans Präsenz an seiner Seite sehr bewusst. Sie folgten ihm durch die Landschaft wie ein Schatten. Ihm war aufgefallen, dass die Frau, »Annie«, aufmerksam war – *zu* aufmerksam – und er beabsichtigte, sie so weit wie möglich von seinen Geheimnissen fernzuhalten.

»Das ist das Gewächshaus, wo wir fünfzig Prozent unserer Nahrung anbauen«, sagte Tania und öffnete ein Paar hoher Glastüren, die zu einem riesigen Gewächshaus führten, das direkt an das Grundstück angrenzte.

Banks trat ein, und eine feuchte Kälte überzog die Haut seiner Arme. Das Gewächshaus wurde durch eine Reihe von Sprinklern feucht gehalten, die entlang des Dachrandes verliefen. Reihen von Holzkästen standen wie Soldaten in einer Linie, jeder beschriftet entsprechend der darin ange-bauten Produkte. Gurken. Tomaten. Salate.

»Wir versuchen, so viele unserer eigenen Bedürfnisse wie möglich zu decken, aber natürlich sind wöchentliche Fahrten in die Stadt notwendig«, fügte Tania hinzu und blickte stolz im Gewächshaus umher. »Aber wir streben jeden Tag danach, so autark wie möglich zu sein. Indem wir hier Gemüse anbauen, sparen wir nicht nur Geld, sondern schützen auch die Umwelt. Mark hat uns geholfen, Anbaumethoden zu entwickeln, die so wenig Energie wie möglich verbrauchen und unseren $CO_2$-Fußabdruck begrenzen.«

»Es scheint, als hätten Sie ein paar Bewohner, die sich leidenschaftlich für den Planeten einsetzen«, sagte die Detektivin Annie. Banks konnte sich des Eindrucks nicht erwehren, dass sie sich dieser Hypothese überhaupt nicht sicher war, sondern einfach nach Informationen fischte. Er mochte sie auf Anhieb nicht, und alles, was sie seit dem Moment ihrer Begegnung getan hatte, bestätigte nur seinen ersten Eindruck.

*Unecht*, dachte Banks und verdrehte die Augen.

»Ja«, stimmte Tania zu. »Marks Hauptgrund, der Kommune beizutreten, war, an einem Ort zu sein, wo er seinen ökologischen Fußabdruck reduzieren konnte. Er hat einige von uns ermutigt, mehr mit dem Planeten verbunden zu sein. Sogar Guru Mett hat sich der Sache angenommen und legt seinen eigenen kleinen Garten vor seinem Bungalow an.«

»Was wächst in seinem Garten?«, fragte Annie neugierig.

»Nun, ich nehme an, vieles von dem, was Sie hier sehen«, Tania zeigte auf einen Pflanzkübel mit Gurken. »Er baut Gemüse an, aber auch einige Blumen. Allerdings«, sie beugte sich vor und schüttelte den Kopf, »kann ich Ihnen ehrlich gesagt nicht sagen, dass er mit seinen Ernten so erfolgreich ist wie wir mit dem Gewächshaus. Alles, was er pflanzt, scheint zu sterben. Aber für ihn geht es mehr um die psychischen Vorteile des Gärtnerns als um den daraus resultierenden Nahrungsmittelvorrat. Er sieht es als einen Schlag gegen den Kapitalismus.«

»Interessant«, sagte Annie, obwohl Banks überhaupt nicht sah, was daran interessant sein sollte.

Tania wandte sich Banks zu, mit einem neugierigen Blick, als ob sie sein mangelndes Engagement bemerkt hätte und es sie störte. »Wenn wir uns für Aufgaben eintragen, ist das Gewächshaus eine der beliebtesten Optionen.«

»Aufgaben«, stimmte Banks zu und nickte. »Klingt toll. Ich werde definitiv versuchen, einen Platz zu bekommen.«

»Jede Woche legen wir im Gemeinschaftsraum einen Anmeldebogen für Aufgaben aus«, erklärte Tania der Gruppe. »Die Bewohner können wählen, was sie gerne machen möchten. Anfangs tragen sich die Leute für verschiedene Aufgaben ein, aber dann finden sie sozusagen ihren 'Rhythmus'. Wir haben hier keine offiziellen Bezeichnungen oder eine Hierarchie, aber die Bewohner tendieren natürlich zu dem, was sie mögen. Mark trägt sich immer ein, um mit seinem schicken Maisöl-Truck in die Stadt zu fahren. Cord wählt immer die Reinigungs- und Wartungsaufgaben. Ich neige dazu, so viele Kochtermine wie möglich zu wählen.« Sie lächelte Banks an, als wäre das eine wunderbare Nachricht. »Du wirst auch deinen eigenen Rhythmus finden.«

»Großartig«, sagte Banks und versuchte, interessiert an der Idee zu wirken.

»Wenn es also keine Hierarchie gibt, wie lösen Sie dann Streitigkeiten?«, fragte Annie, ihre Stimme ertönte von hinter Banks' Schulter.

»Ja«, sagte ihr Partner Ethan. »Was passiert, wenn Leute sich über etwas uneinig sind?«

Tania brachte ihre Hände an ihre Brust, als würde sie beten. »Wenn ein Streit entsteht, besprechen wir ihn in einem vermittelten Rahmen. Guru Mett übernimmt viele der Verhandlungen und leitet informelle Mediationssitzungen. Sie wären überrascht, wie wenig es zu streiten gibt, wenn man aufeinander angewiesen ist. In diesem Sinne, lassen Sie mich Ihnen den Meditationsbereich zeigen.«

Tania bedeutete der Gruppe, ihr durch die hinteren Türen des Gewächshauses zu folgen, und führte sie den Pfad zu den Hütten hinunter, wobei sie an der Rückseite einer großen Hütte haltmachte, die Guru Mett gehörte. »Guru Mett hat für diesen zusätzlichen Raum an der Rückseite seiner Hütte bezahlt. Er hat einen separaten Eingang, den jeder benutzen kann.« Sie öffnete die Hintertür und offenbarte ein Meditationsstudio, das mit Kissen dekoriert war und von dessen Decke Klangschalen hingen. »Jeder Bewohner kann den Raum nach Belieben nutzen, und Mett hält täglich Yoga-Sitzungen ab.«

»Nicht, um unhöflich zu sein, aber – Guru ist ein Sanskrit-Begriff«, sagte Ethan vorsichtig. »Aber dann ist Yoga eine östliche Sache und Meditation ist buddhistisch. Also ist Guru Mett Hindu oder Buddhist oder – ?«

»Guru Mett ist ein Guru«, zuckte Tania mit den Schultern und beließ es dabei.

Die Gruppe folgte ihr an einer Ansammlung von Whirl-pools am Fuße des Berges vorbei. Sie waren hinter den Bungalows so verstreut, dass jeder einen privaten Rück-zugsort bot. »Es gibt nichts Schöneres, als in einer kalten Nacht im warmen Wasser zu sitzen und zu den Sternen aufzuschauen«, sagte Tania.

Banks starrte auf die Whirlpools und dachte darüber nach, wie anders dieses Leben im Vergleich zu dem war, das er zurückgelassen hatte. Als könnte sie seine Gedanken lesen, räusperte sich die Detektivin – Annie – bevor sie fragte:

»Ist das für dich auch eine Pause von deinem früheren Leben?« Sie lächelte ihn an, als verstünde sie etwas Geheimes und Besonderes. »Ethan und ich kommen aus einem geschäftigeren Umfeld, und es hat einige Zeit gedauert, sich daran zu gewöhnen. Was hast du gemacht, bevor du beigetreten bist?«

Tania machte ein *tsk*-Geräusch. »Denk daran… wir sprechen hier nicht über die Vergangenheit.«

»Das wird meine Ermittlungen ziemlich erschweren«, sagte Annie.

»Es ist unsere einzige Regel«, zuckte Tania mit den Schultern. »Und du wirst dich daran halten oder *Serenity Peaks* verlassen.«

»Kein Problem«, sagte Banks und versuchte, freundlich zu wirken. »Ich kann Ihnen sagen, ohne ins Detail zu gehen, dass dies eine willkommene Abwechslung ist.« Er zwinkerte Annie zu, in der Hoffnung, locker zu erscheinen. Er dachte – und hoffte –, dass sie gerade in diesem Moment Geschichten über ihn erfinden würde. Gut so. Er wollte sie in die Irre führen. Denn die Wahrheit war, dass Banks ein sehr aufregendes Leben hinter sich gelassen hatte. Eines, von dem er nicht wollte, dass Annie es entdeckte.

Später, als die Führung vorbei war, zog sich Banks in seine kleine, private Hütte zurück. Er zog die Vorhänge zurück und warf einen Blick aus dem Fenster, um sicherzugehen, dass niemand herumlungerte oder spionierte. Als er sicher war, dass die Luft rein war, holte er sein Handy aus seinem Versteck in einer Schachtel auf der Küchentheke und schickte dann eine SMS an eine unbekannte Nummer.

**Banks**

Bleiben oder gehen?

Er wartete auf eine Antwort und starrte auf eine Reihe blinkender Punkte, die ihm sagten, dass die Person am anderen Ende gerade tippte.

Dann kam die Antwort:

**Unbekannt**

Bleiben. Und herausfinden, wer ihn getötet hat.

Banks zuckte überrascht zusammen. Er war ein Mann mit sehr spezifischen Fähigkeiten, darunter Nahkampf, Schießen mit der Präzision eines Scharfschützen und die saubere Beseitigung einer Leiche. Er war kein Detektiv. Er hatte kaum ein Auge fürs Detail. Und jetzt wollten sie, dass er den Mord an Russel Grey aufklärte?

Dafür war er nicht hergekommen. Er seufzte, als er aufstand und zur Kaffeemaschine ging, nachdem er eine einzelne K-Cup eingesetzt hatte, und drückte einen Knopf oben drauf. Mit jedem Tag wurde dieser Job immer lächerlicher. *Herausfinden, wer ihn getötet hat,* dachte Banks bei sich.

Sie legten ihn rein, das war die Wahrheit. Es würde eine Fülle von Fähigkeiten außerhalb seiner üblichen Talente erfordern, so etwas zu tun. Ein zischendes Geräusch ertönte, als der Kaffee in seine Tasse floss. Banks nahm einen Schluck, und die Koffein-Injektion schien sein Gehirn aus seinem erstarrten Zustand zu rütteln.

Vielleicht hatte *er* nicht die Fähigkeiten, um herauszufinden, wer Russel Grey getötet hatte. Aber diese Annie-Frau hatte sie sicherlich. Wie viele mittelmäßige Männer vor ihm, verpflichtete sich Banks dazu, die Arbeit eines anderen zu kopieren. Er würde dieser Annie-Frau und ihrem Partner folgen und aus dem, was sie entdeckten, eine Geschichte zusammensetzen.

Banks nahm den Keramikbecher mit zurück zum Bett und schwang seine Füße über die Kante. Er nahm noch einen Schluck, bevor er den Becher auf den Nachttisch stellte, dann nahm er sein Handy und beantwortete die Nachricht, die er erhalten hatte.

**Banks**

Ich bin dran.

So. Es war erledigt. Banks fluchte über die Komplexität der Situation, in der er sich befand, aber es gab zumindest eine deutliche, unbestreitbare positive Seite:

Er würde die nicht registrierte, illegal beschaffte Handfeuerwaffe, die er in das Futter seines Koffers eingenäht hatte, nicht mehr benutzen müssen. Vielleicht, wenn er seine Karten richtig ausspielte, konnte er seine Zeit in *Serenity Peaks* als Urlaub betrachten.

»Zumindest wird es diesmal kein Blut geben«, sagte er laut zu niemand Bestimmtem. Ja. Es würde kein Blut geben. Oder zumindest hoffte er das. Wenn die Detektivin in ihrer Spur blieb.

# KAPITEL ELF

EIN KNARRENDES GERÄUSCH war zu hören, als Annie und Ethan die Tür zu Russels kleinem Bungalow am Rande der Kommune öffneten. Sein spitzes Dach ragte gegen die Bäume hervor, die den Beginn des Waldes und das Ende der Lichtung markierten. Das Äußere der Hütte sah genauso aus wie alle anderen, aber - wie Annie und Ethan bald entdeckten - war das Innere dieser besonderen Hütte einzigartig.

»Wow«, sagte Ethan, als er Annie in den dunklen, engen Raum folgte und das Licht einschaltete. »Ich schätze, der Typ mochte wirklich ... Puzzles?«

»Und Spiele«, stimmte Annie zu.

Sie sahen sich im Raum um und nahmen die Präsenz mehrerer Spiele wahr, die über den Raum verteilt waren. Auf dem Couchtisch lag ein teilweise fertiggestelltes Puzzle einer Naturlandschaft. Auf dem Sofa stapelten sich Kindheitsfavoriten, darunter Cluedo, Fische angeln und Uno. Ein angefangenes Scrabble-Spiel befand sich neben der Küchenspüle, und in der hinteren Ecke des Raumes stand ein Bücherregal, in dem Stapel anderer Brettspiele in keinem erkennbaren Muster aufeinander türmten.

»Tatsächlich«, sagte Annie und trat tiefer in den Raum, »glaube ich, dass wir uns gerade in einem befinden.«

»Einem Spiel?«

»Ja«, nickte Annie. »Ich beginne zu glauben, dass wir uns entlang eines Spielbretts bewegen, vielleicht genau so, wie Russel es wollte.«

»Bezweifle ich«, murmelte Ethan und hob einen losen Geldschein auf, der aus einem Monopoly-Set auf den Boden gefallen war. »Russel endete tot, also sieht es so aus, als hätte er verloren.«

»Nicht unbedingt«, sagte Annie, während sie eine Schublade der Kommode öffnete, ohne weiter darauf einzugehen, außer zu sagen: »Es hängt von den Regeln des Spiels ab.«

Gemeinsam durchsuchten die beiden den Raum und öffneten vorsichtig jede Schublade, wobei sie akribisch darauf achteten, den Bereich nicht zu stören. In der Küchenzeile zog Annie jede Schublade des Schranks auf und enthüllte eine angenehme Szene: Löffel, Gabeln und Messer waren in exakter Ordnung angeordnet, von jedem die gleiche Anzahl. In der unteren Schublade waren Konserven alphabetisch geordnet. In der oberen Schublade waren Rührschüsseln nach Größe sortiert.

»Siehst du, was ich sehe?«, rief Ethan aus dem Kleiderschrank, wo er die Türen geöffnet hatte, um Hemden zu enthüllen, die nicht nur nach Länge, sondern auch nach Farbe geordnet waren. Daneben hingen Hosen in einer ordentlichen Reihe, ähnlich angeordnet.

»Russel war sehr organisiert«, sagte Annie.

»Der Typ war ein Spinner«, entgegnete Ethan. »Wer lebt so? Jede Schublade ist so perfekt. Es ist fast, als wäre es professionell organisiert worden.«

»Nein«, schüttelte Annie den Kopf. »Es ist eher wie...« Sie hielt inne und versuchte, den richtigen Vergleich zu finden. »Es ist fast wie das Staging eines Hauses oder eine Setdekoration.« Sie stand auf, zog ihre Latexhandschuhe aus und nahm den Raum in Augenschein. »Es gibt kein Anzeichen dafür, dass er hier wirklich *gelebt* hat. Keine schmutzige Tasse. Kein Fussel auf dem Teppich. Es ist nicht einmal Müll im Mülleimer.« Sie hob den weißen Eimer hoch, der in der Küche stand, und enthüllte eine makellose, leere Wanne. »Und«, sie schnupperte in der Luft, »riechst du das?«

»Reinigungsmittel«, nickte Ethan.

»Er hat diesen Ort geschrubbt«, sagte Annie und ließ ihren Blick durch den Raum schweifen. »Er hat ihn von oben bis unten geschrubbt und dann inszeniert, genau wie man es tun würde, wenn man ein Haus verkaufen wollte.«

»Was bedeutet das für uns?«

»Es bedeutet, dass alles, was wir hier sehen, etwas ist, das Russel *wollte*, dass wir es sehen.«

»Oder etwas, das die Person, die ihn getötet hat, wollte, dass wir es sehen«, schlug Ethan vor.

»Könnte sein«, stimmte Annie zu. »Aber ich denke, er hat das selbst gemacht.« Sie ging im Raum auf und ab, während sich eine Theorie in ihr entwickelte. »Ich glaube, Russel wusste, was kommen würde, und er wollte uns helfen.«

»Uns *helfen*?«, spottete Ethan entsetzt. »Uns wobei helfen?«

»Uns helfen, seinen Mord aufzuklären.« Annie bewegte sich auf das Scrabble-Spiel zu, das neben der Küchenspüle liegen gelassen worden war, und brachte ihr Gesicht auf Augenhöhe mit dem Brett, ihre Nase berührte fast dessen Kante. »Der Mann lässt nichts in Unordnung, außer den Spielen, die im Raum verstreut sind. Vielleicht hoffte er, ich würde das Problem sehen - die Inkonsistenz hier. Er hat unsere Aufmerksamkeit erregt. Er hat uns eine Nachricht gesendet.«

»Annie«, sagte Ethan sanft. »Damit das wahr wäre, müsste er gewusst haben, wie aufmerksam du bist. Niemandes Gehirn funktioniert wie deins.«

Annie starrte auf die Buchstaben, die im Scrabble-Spiel nicht verwendet worden waren. Die Spielsteine waren in dem winzigen rechteckigen Halter positioniert, ihre Reihenfolge scheinbar bedeutungslos.

ANHEINDANETAN

Annie beugte sich über die Spielsteine und ordnete sie in einer anderen Reihenfolge an.

»Du hast recht«, sagte Annie. »Er wusste, dass wir kommen würden.« Sie drehte den Spielsteinhalter zu Ethan. Die Buchstaben, wie Annie sie neu angeordnet hatte, ergaben nun:

ANNIE UND ETHAN

»Er erregt unsere Aufmerksamkeit«, sagte Annie. »Dieser Raum ist eine Rätselbox, voller Hinweise. Wir müssen nur herausfinden, wo wir anfangen sollen.«

Ethan gesellte sich neben dem Scrabble-Brett zu ihr, und die beiden betrachteten die Wörter, die dort bereits geschrieben standen:

SPIEL HALLO VERDÄCHTIG JEDER IST EIN

»'Ist ein' sind zwei Wörter«, sagte Ethan.

»Nicht zwei Wörter«, schüttelte Annie den Kopf. »Er hat die Wörter 'ist' und 'ein' kombiniert.« Annie ordnete die Wörter auf dem Brett neu an und trennte sie dort, wo sie sich verbanden, um einen Satz zu bilden.

HALLO JEDER VERDÄCHTIGE IST EIN SPIEL

»Hallo, jeder Verdächtige ist ein Spiel«, las Annie laut vor. Sie drehte sich um und scannte den Raum. »Jedes Spiel bezieht sich auf jemanden, der ihn getötet haben könnte.« Sie tauschte Blicke mit Ethan aus, und beide verstanden, was das bedeutete.

»Teilen und erobern«, wies Annie an. »Such nach Namen von Mitgliedern der Kommune. Er wird sie im Spiel versteckt haben. Wir sollten auf sechs kommen.«

Das Paar teilte sich auf und durchsuchte den Raum, wobei Ethan als Erster ein relevantes Spiel fand. »Pictionary«, sagte er und hielt ein Flipbook hoch. »Bei Pictionary errät man das Bild...« Ethan betrachtete die erste Skizze im Flipbook. »Da ist eine Blume als erste Zeichnung. Das muss Fleur sein?«

»Pictionary für Fleur«, stimmte Annie zu. Auf der anderen Seite des Raumes hielt sie einen Spielzeug-Lkw hoch, der neben einer aus Hot-Wheels-Teilen gebauten Rennbahn stand. »Der Lkw«, sagte sie und untersuchte ihn näher. »Der Name, der auf der Seite aufgemalt ist, ist Mark.«

»Hot Wheels für Mark«, sagte Ethan und wandte sich einem Spiel zu, das auf dem Nachttisch stand. Es war ein quadratisches Brett mit vier Plastik-Nilpferden, die darum herum angeordnet waren, ihre Mäuler bereit, jederzeit zuzuschnappen. »Schau dir das an«, sagte er und zupfte einen Post-it-Zettel von der Oberseite, um die darauf gekritzelten Nachricht vorzulesen. »Es steht: 'Tania: Wie wir die Spiele hASSEn, die wir spielen.' Die a-s-s-e sind großgeschrieben.«

»Asse«, nickte Annie. »Und es sind Nilpferde, die die Kugeln fressen. Hungriges Hippo für Tania also.«

»Monopoly für Guru Mett«, lehnte sich Ethan über den Couchtisch und zeigte auf ein Monopoly-Spiel, das mitten im Spiel gelassen worden war. »Du wirst das nicht glauben.« Er hielt einen der gefälschten Geldscheine hoch: Ein verblüffend ähnliches Abbild von Guru Mett war auf der Vorderseite des Scheins gedruckt.

»Clever«, nickte Annie. »Monopoly für den Guru. Das lässt nur noch-«

»Cord und Banks übrig«, sagte Ethan. »Ich hab Cord«, fügte er hinzu und führte Annie zum offenen Kleiderschrank. Dort, auf einem Regal neben gefalteten Pullovern, stand ein aktives *Sorry*-Spiel. »Er hat eine Kordel obendrauf gelegt«, zuckte Ethan mit den Schultern und hielt ein abgeschnittenes Stück geflochtene Schnur hoch. »Ich fand es seltsam, als ich mir die Kleidung ansah.«

»Das ist *Sorry* für Cord. Bleibt nur noch Banks«, sagte Annie, während ihr Kopf raste und Bilder des Raumes durchging. »Da war etwas-« Sie hielt mitten im Satz inne und ging zurück in die Küche, Ethan dicht auf den Fersen. Sie führte sie zu einem kleinen runden Esstisch, auf dem ein laufendes Spiel Vier gewinnt stand. Annie beugte sich darüber und betrachtete die roten und blauen Chips. Sie riss einen Post-it-Zettel von der Oberseite ab. Darauf stand einfach:

DER NEUESTE WIRD VIER FÜR EUCH VERBINDEN

»Vier gewinnt«, sagte Annie. »Der Neueste ist Banks. Er kam kurz vor dem Mord an. Russel muss gewusst haben, dass ein neues Mitglied unterwegs war.«

»Macht Sinn«, stimmte Ethan zu. Er warf einen Blick auf seine Notizen und fasste zusammen, was er geschrieben hatte. »Also haben wir *Pictionary* für Fleur. *Hot Wheels* für Mark. *Hungry Hippos* für Tania. *Monopoly* für Guru Mett. *Sorry* für Cord. Und *Vier gewinnt* für Banks. Irgendeine Idee, was das alles bedeutet?«

Annie beugte sich auf die Höhe des Vier-gewinnt-Spiels, die roten und blauen Chips erinnerten sie an die Farben von Polizei- und Krankenwagen. »Ich habe einen Verdacht«, sagte sie. »Aber ich möchte ihn zur Tatsache machen.« Annie scannte den Rest der Spiele und hielt beim Hungry-Hippo-Brett inne, das für Tania bestimmt war. Sie ließ ihre Finger über den Kopf eines der Plastiktiere gleiten und stoppte, als sie etwas in seinem Maul bemerkte. Sie zupfte es aus den Zähnen der Kreatur und drehte es zwischen ihren Fingern:

Es war ein getrocknetes Pflanzenstück, dessen bürstenartigen Fäden in winzigen lila Blüten endeten.

Annie stand auf und wischte sich die Hände an ihrer Jeans ab. »Ich muss mit den Bewohnern sprechen. Fangen wir mit Tania an«, lächelte Annie. »Sie war schließlich so eine großzügige Gastgeberin.«

# KAPITEL ZWÖLF

TANIA

Tanias Hände zitterten, als sie den Wasserkocher in ihrem winzigen Bungalow einschaltete. Es war ein elektrischer Wasserkocher, der nur einen Knopfdruck erforderte, aber mit zwei Detektiven, die hinter ihr am Tisch saßen, stellte Tania fest, dass die Bewegung mehr Anstrengung als üblich erforderte. Sie räusperte sich, drehte sich um und schenkte dem Paar ein Lächeln.

»Zwei Kamillentees, frisch aus dem Garten«, sagte sie und reichte ihnen die Tassen.

Annie blickte in die offene Tasse und betrachtete das Sieb darin. Eine getrocknete Sammlung von Blüten und Blättern starrte zurück, eingebettet zwischen Maschendraht, der den Aufguss im warmen Wasser verteilte.

»Sie bauen hier sogar Ihren eigenen Tee an?«, fragte Annie neugierig.

»Wir versuchen, so viel wie möglich selbst zu machen«, antwortete Tania und nahm am Tisch Platz. »Unser Ziel war es schon immer, eine autarke Gemeinschaft zu schaffen, die sich selbst versorgen kann. Aber ein gelegentlicher Ausflug in den Supermarkt schadet auch nicht.« Sie zwinkerte Annie zu.

»Was ist der Sinn davon?«, fragte Ethan und nahm einen Schluck von seinem Tee. »Ich meine, warum legen Sie so viel Wert darauf, nicht vom Rest der Welt abhängig zu sein?«

Tania nickte und stellte ihre Tasse ab. »Die Sache ist die, hier in *Serenity Peaks* glauben wir, dass Menschen grundsätzlich gut sind. Besonders wenn sie in kleinen Dörfern, Familien und Gemeinschaften leben, was schon immer beabsichtigt war. Denken Sie an die Stämme der amerikanischen Ureinwohner und indigene Kulturen. Sie bildeten kleine Gesellschaften von einigen Dutzend Familien, die autark sein konnten, ohne das Land zu zerstören. Aber die Gesellschaft als Ganzes-«

Tania wedelte mit der Hand in der Luft. »Sie ist zu groß geworden. Zu unhandlich. Die schiere Größe ist schuld an so vielen Problemen des Lebens. Wenn Menschen in großen Gruppen zusammenkommen, wird die Gesellschaft zu einer Maschine, in der es Gewinner und Verlierer gibt. Hier in *Serenity Peaks* halten wir die Gemeinschaft klein genug, dass wir sie durch Zusammenarbeit führen können. So sollten Menschen wirklich leben.«

»Wie finanzieren Sie das Ganze?«, fragte Ethan.

»Wenn Mitglieder beitreten, machen sie eine einmalige Geldspende. Guru Mett führt für uns die Finanzbücher, aber insgesamt sind unsere Betriebskosten recht niedrig. Wir versuchen, so viele Wartungsarbeiten wie möglich selbst zu erledigen.«

»Das kann ich sehen«, stimmte Annie zu und dachte insgeheim, dass sie bemerkt hatte, dass das Dach ihres eigenen Bungalows ungleichmäßige Schindeln aufwies und offensichtlich nicht von einem Fachmann installiert worden war. »Wie sind Sie in den Besitz des Grundstücks gekommen?«

»Wir besitzen es eigentlich alle zusammen«, antwortete Tania. »Wenn jemand in die Kommune einkauft, wird sein Name dem Trust hinzugefügt, der das Anwesen verwaltet.

Ich diene lediglich als funktionierende Vollmacht bei großen Entscheidungen. Der Gründer der Kommune hat die Anordnungen in seinem Testament bei seinem Tod festgelegt.«

»Standen Sie ihm nahe?«

»Er war wie ein Vater für mich«, sagte Tania. »Mein ganzes Leben lang bin ich umhergewandert. Er schuf einen Ort, an dem ich mich zu Hause fühlte.« Sie blickte auf und nahm ihre Gesichtsausdrücke wahr, in denen sie etwas Vertrautes und Ärgerliches sah. »Ich weiß, was Sie denken«, seufzte sie und verdrehte die Augen. »Aber *Serenity Peaks* ist und war nie diese 'Art' von Kommune.«

»Nein, natürlich nicht-«, bot Annie an.

»Ich dachte gar nichts-«, begann Ethan zu sagen.

»Schon gut«, lachte Tania. »Die Leute hören das Wort Kommune und gehen davon aus, dass es sich um einen Kult handelt, der einem unheimlichen Anführer gewidmet ist, oder dass alle miteinander schlafen. Das ist hier nie passiert. Dies ist einfach ein Ort, an dem Menschen in Gemeinschaft miteinander leben können. Denken Sie an die Fernsehserie *Friends*. Wir sind einfach gute Nachbarn, die sich dafür entschieden haben, abseits der Isolation der Außenwelt zu leben. Ist es nicht komisch, dass Menschen in Städte ziehen, wo es Millionen anderer Menschen gibt, aber sie sitzen allein in einer winzigen Wohnung und laufen auf überfüllten Straßenecken herum und fühlen sich, als würden sie niemanden kennen?«

»Das stimmt«, sagte Annie und verstand, was sie meinte.

»Nun, das passiert hier nicht. Wir versuchen, einander wirklich kennenzulernen und uns gegenseitig zu unterstützen. Die einzige Regel ist, nicht über unser früheres Leben zu sprechen.«

»Warum nicht?«, entgegnete Ethan. »Um jemanden wirklich zu kennen, muss man doch wissen, woher er kommt, oder?«

Tania rührte etwas Honig in ihren Tee, ihr Löffel klapperte

gegen die Keramiktasse. »Um ehrlich zu sein, wir bekommen einige Bewohner, die sehr traumatische Vergangenheiten haben. Die Regel wurde eingeführt, um ihnen das Gefühl zu geben, dass dies eine Chance für einen Neuanfang ist. Wenn sie sich dafür entscheiden, hier und da Details preiszugeben, ist das in Ordnung. Aber wir möchten, dass die Menschen eine neue Identität entwickeln, die es ihnen ermöglicht, frei zu sein.«

»Sie wussten also nichts über Russels Vergangenheit?«, fragte Annie. »Ich weiß, es verstößt gegen die Regel, das anzusprechen, aber es könnte der Schlüssel sein, um herauszufinden, was mit ihm passiert ist.«

»Alles, was ich weiß, ist, dass Russel eine schlechte Situation verlassen hat«, zuckte Tania mit den Schultern. »Er tauchte vor Jahren hier auf, mit nichts als einem Haufen Bargeld. Er war ziemlich aufgebracht. Er fuhr diesen Truck, der jetzt Mark Wayans gehört. Mark hat ihn natürlich umweltfreundlich umgebaut.«

»Der Truck gehörte also zuerst Russel?«, bestätigte Annie.

»Ja, er teilte ihn mit Mark, irgendeine Abmachung zwischen den beiden.«

»Er war also in dieser Nacht aufgebracht?«

»Er sagte mir einfach, dass er beitreten wollte. Er sagte, sein Name sei Russel, obwohl ich mir nicht einmal sicher sein kann, weil einige Leute - diejenigen, die vor einer schwierigen Situation fliehen - oft ihre Namen ändern, wenn sie ankommen. Er gab mir das Geld und ich hieß ihn in unserem Kollektiv willkommen. Jeden Tag seitdem erwies er sich als Bereicherung für die Gemeinschaft.«

»Das tat er?«

»Oh ja. Ein Musterbürger. Er half jedem hier. Knüpfte Verbindungen. Nahm jede Aufgabe ernst. Er organisierte Spieleabende mit uns allen.«

»Gab es ein bestimmtes Spiel, das Sie mit ihm gespielt haben?«, fragte Annie.

»Ich habe ihn immer bei Hungry Hippos geschlagen.« Ein Lächeln huschte über Tanias Augen bei der Erinnerung. »Russel war dieser Gemeinschaft sehr verbunden.« Sie hielt inne und atmete tief ein. »Er wird vermisst werden.«

Als Annie sah, dass sie Tania aufgebracht hatte, stand sie auf und bedeutete Ethan, ihr zu folgen. »Danke, dass Sie mit uns gesprochen haben. Wir werden jetzt gehen.«

Tania führte sie zur Tür. Als sie sie öffnete, trat Annie auf die Veranda und bemerkte die Blumenkästen dort. »Ist das, wo Sie Ihren Tee anbauen?«

Tania wurde unruhig. »Ja. Kamille. Lavendel.«

»Und dieser hier?« Annie blieb vor einem leeren Blumen-kasten stehen, in dem die Erde kürzlich umgegraben worden war.

»Oh, der wurde gerade zurückgeschnitten«, sagte Tania beiläufig. »Leider hat er es nicht geschafft, das arme Ding.«

Annie grub mit ihren Fingern ein wenig in der Erde. Unter ihren Fingern kamen winzige braune, vertrocknete Blätter zum Vorschein, an deren Spitzen sich Blüten in einem kaum wahrnehmbaren Lila befanden.

»Welche Pflanze war das?«, fragte Annie erneut.

Es folgte eine lange Pause, während Tania ihre Antwort abwog. »Lupine«, sagte sie und wusste in dem Moment, als die Worte ihren Mund verließen, dass sie hätte lügen sollen. Stattdessen sagte sie die Wahrheit. Und sie ahnte, dass es sie vielleicht alles kosten würde. »Ich nehme sie zum Schlafen. Es hilft – gegen Schlaflosigkeit.«

»Lupine«, nickte Annie. »Danke für Ihre Zeit.«

Damit verschwanden Annie und Ethan die Treppe hinunter und um den Weg herum, Tania allein auf der Veranda zurücklassend, wo sie darüber nachdachte, was eine Lüge und was die Wahrheit war, und ob der Unterschied zwischen den beiden überhaupt eine große Rolle spielte.

# KAPITEL DREIZEHN

GURU METT

Guru Mett saß im Meditationsraum, die Beine auf einem Kissen gekreuzt, die Augen fest geschlossen. Im Hintergrund spielte eine CD mit Blasinstrumenten und bot eine beruhigende Atmosphäre. Obwohl Technologie in *Serenity Peaks* eigentlich nicht erlaubt war, hatte Guru Mett Tania davon überzeugt, für die Musik in seinen Meditationskursen eine Ausnahme zu machen, angesichts der gesundheitlichen Vorteile, die eine solche Heilung den Bewohnern bot. Natürlich waren die beiden neuen Bewohner, die vor ihm saßen, von anderer Art. Guru Mett öffnete eines seiner Augen und riskierte einen Blick auf seine Gäste.

Vor ihm saßen Annie und Ethan auf zwei weichen Kissen, die Beine gekreuzt, die Augen geschlossen.

»Und jetzt«, fuhr Guru Mett mit seiner Meditationsansprache fort, »stellen Sie sich vor, dass die Gedanken, die Sie belasten, von einem Strom erfasst werden. Legen Sie diese Gedanken sanft auf das Wasser. Beobachten Sie, wie die Strömung sie davonträgt.«

Der Mann – Ethan – rutschte unruhig hin und her. Guru Mett spürte, dass er sich mit der Meditation nicht wohl fühlte.

Zu viele Menschen hatten Probleme damit, mit ihren Gedanken allein zu sein.

»Die Strömung trägt sie den Bach hinunter, bringt sie weg vom Ufer und vom trockenen Land. Die Gedanken werden kleiner und kleiner, während sie aus Ihrem Blickfeld verschwinden –«

Ethan rutschte erneut, ein leichtes Lächeln huschte über sein Gesicht. Neben ihm hielt Annie ihre Augen fest geschlossen und schien sich sehr auf die Übung zu konzentrieren.

»Ethan?«, sagte Guru Mett, ein wenig verärgert. »Möchten Sie das Bild teilen, das Sie erschaffen haben?«

»Sicher«, sagte Ethan, die Augen immer noch fest geschlossen. »Meine Gedanken sind in einer riesigen blauen Mülltonne. Von der Sorte, die man an Straßenecken in der Stadt findet. Sie sind alle in riesige Müllsäcke gestopft, und das Ganze steht in Flammen. Es treibt den Fluss hinunter, ein enormes Mülltonnenfeuer des Elends.«

Es folgte eine lange Stille, und die Frau – Annie – ließ ein Lächeln über ihr Gesicht huschen. Guru Mett seufzte. Manchen Menschen war einfach nicht zu helfen.

»Gut genug«, sagte Guru Mett, bereit, völlig aufzugeben. »Beginnen Sie, die Aufmerksamkeit wieder in Ihren Körper zu bringen. Bewegen Sie Ihre Finger, Ihre Zehen. Und wenn Sie bereit sind – öffnen Sie langsam Ihre Augen.«

Annie öffnete ihre Augen und starrte Guru Mett mit einer hellen Neugier an, die nie zu erlöschen schien. Ethan streckte seine Arme zur Decke, ein Gähnen hallte durch den Raum. »Das war großartig«, sagte Ethan. »Wirklich hilfreich. Ich fühle mich so viel entspannter, danke.«

»Gern geschehen«, Guru Mett bot eine halbe Verbeugung an, die Hände in Gebetshaltung. »Ich dachte nur, es wäre am besten, uns zu erden, bevor wir zu den Fragen kommen. Es ist immer besser, Dinge aus einer Position des Gleichgewichts anzugehen.« Vor fünfzehn Minuten hatten Annie und Ethan an seine Tür geklopft, um ihn zum Tod von Russel Grey zu befragen, und Guru Mett hatte sie in eine Meditation umgeleitet. Ein kleiner Teil von ihm hatte gehofft, seine Übung würde sie in den Schlaf wiegen, aber natürlich sahen sie beide wacher aus als je zuvor.

»Wir schätzen es wirklich sehr, dass Sie sich die Zeit nehmen, uns zu treffen«, begann Annie und lächelte ihn an, als ob sie nichts Böses im Schilde führte, wobei Guru Mett sich ziemlich sicher war, dass sie es tat. »Was Russel passiert ist, war wirklich schrecklich.«

»Ja«, stimmte Guru Mett zu. »So etwas ist hier in *Serenity Peaks* noch nie passiert.«

»Das ist das Seltsame daran, nicht wahr?«, fragte Annie. »Deshalb glaube ich nicht, dass *Serenity Peaks* ein Faktor war. Es war nicht der Ort, der zu Russels Tod führte. Dies war kein zufälliger Gewaltakt.«

»Ja?«, Guru Mett lehnte sich interessiert vor. »Wenn das der Fall ist, was war dann der entscheidende Faktor?«

»Ich kann mir nicht sicher sein«, sagte Annie. »Es könnte jemand mit einer Vendetta gewesen sein. Oder vielleicht...«

»Vielleicht?«

»Vielleicht hatte es etwas mit Russels Vergangenheit zu tun«, fuhr Annie fort. »Etwas aus seinem Leben, bevor er hierher zog, das ihn einholte. Das Problem ist, dass es in *Serenity Peaks* eine Regel gibt, nicht über die Vergangenheit zu sprechen. Was, wie Sie sich vorstellen können, es für mich schwierig macht, der Sache auf den Grund zu gehen. Wenn niemand weiß, wie Russels Leben war, bevor er hierher zog, wie soll ich dann das Puzzle zusammensetzen?«

»Ja«, nickte Guru Mett. »Das stellt in der Tat ein Problem dar.«

»In diesem Sinne... hat Russel Ihnen gegenüber jemals etwas über seine Vergangenheit erwähnt?«

Guru Mett schüttelte den Kopf. »Nie. Obwohl«, er hielt inne, »ich den Eindruck hatte, er sei vor etwas auf der Flucht.

Die Bewohner hier kommen und gehen, was die Teilnahme an meinen Yoga-Stunden und Meditationskursen angeht. Aber Russel? Er nahm religiös daran teil. Hat bis zu seinem Tod keine einzige Sitzung verpasst. Ich denke, es gab ihm Frieden, mich zu besuchen. Ich hatte das Gefühl, er versuchte, eine Art Dämon in sich auszutreiben oder für sein früheres Leben zu büßen, oder vielleicht einfach einen Weg zu finden, es mental hinter sich zu lassen. *Serenity Peaks* spricht Menschen an, die vergessen wollen, woher sie kommen.« Guru Mett hielt inne und dachte über seine eigenen Gründe nach, nach *Serenity Peaks* zu kommen. Auch er war der Vergangenheit entflohen. Seine Überlegungen entgingen Annie nicht, die zu spüren schien, wie er sich fühlte.

»Und warum sind Sie nach *Serenity Peaks* gekommen?«, fragte sie, ohne einen Hauch von Anklage in ihrer Stimme. Trotzdem sträubte sich Guru Mett.

»Um anderen zu helfen«, sagte er und deutete auf das Studio. »Dies ist ein Ort, an dem ich mich vollzeitig darauf konzentrieren kann, durch spirituelle Praxis zu dienen.«

»Das ergibt Sinn«, stimmte Annie zu. Sie stand auf, streckte ihre Beine und reckte sich zur Decke. »Danke für Ihre Zeit.« Ihr Partner folgte ihr, die beiden machten sich auf den Weg zur Tür.

»Das war's?«, fragte Guru Mett, ein wenig überrascht. Er hatte mehr von einem Verhör erwartet. »Keine weiteren Fragen?«

»Vorerst nicht«, Annie zuckte lässig mit den Schultern, als ob ihr etwas entfallen wäre. »Oh, vielleicht doch eine!«, sie klatschte in die Hände, erfreut über sich selbst. »Waren Sie je bei Russels Spieleabenden dabei?«

»Wir haben ein paar Mal gespielt«, antwortete Guru Mett, unsicher, warum das von Bedeutung sein sollte. »Er war ein großer Liebhaber von Rätseln. Spiele sind nicht so sehr meine Freude.«

»Gibt es einen Grund, warum er Ihnen ein Spiel hinterlassen würde?«

Guru Metts Augen weiteten sich überrascht. Das war neu für ihn – und beunruhigend obendrein. »Welches Spiel?«

»Monopoly«, sagte Annie. »Wir haben etwas gefunden, das uns glauben lässt, er wollte, dass Sie das Spiel bekommen. Monopoly.«

Guru Metts Herz begann schneller zu schlagen, aber er versuchte, seinen Gesichtsausdruck nicht zu verändern. Er dachte an den Computer unter dem Fußboden genau dieses Raumes, versteckt in der Dunkelheit einer Nische, die so leicht von anderen entdeckt werden könnte. »Monopoly? Das ist seltsam. Wir haben es nie zusammen gespielt. Ich habe wirklich keine Ahnung.«

Annie nickte, als ob seine Versicherungen für sie ausreichten. »Danke für Ihre Zeit«, sagte sie. Und damit gingen sie zur Tür.

Guru Metts ganzer Körper entspannte sich, als das Paar verschwunden war. In was für ein schreckliches Schlamassel er geraten war. Und alles führte zurück zu diesem Laptop – dem, das er eigentlich zerstören sollte, aber nicht konnte, da er einem alten Freund ein Versprechen gegeben hatte. Ein Versprechen, das zunehmend schwieriger einzuhalten war.

# KAPITEL VIERZEHN

FLEUR

Fleurs Hütte war voller Kunst. Sie war winzig und hell, genau wie sie selbst.

Fleur war noch nie gut mit Menschen umgegangen. Schon als Kind hatte sie es vorgezogen, allein mit ihren Stiften und Markern zu sein. Sie war eine stille Seele, die sich in die Kunst zurückzog, um dem Schlimmsten des Lebens zu entgehen - aber irgendwie schien ihr das Schlimmste trotzdem zu folgen.

»Sie sollten nicht in all dem herumstochern«, sagte Fleur zu Annie und Ethan, die am Couchtisch in ihrer kleinen Hütte in *Serenity Peaks* saßen. Fleur hatte ihnen nichts zu trinken angeboten, weil sie hoffte, dass sie nicht lange bleiben würden. »Ich meine, was mit Russel passiert ist.«

»Und warum nicht?«, fragte Annie fröhlich und faltete ihre Hände auf dem Tisch. »Die Definition eines Detektivs ist jemand, der in Dingen herumstochert.« Sie sah sich im Raum um und bemerkte die Skizzen, die an den Wänden hingen. Es gab handgezeichnete Bilder von Pflanzen und Tieren, die in der Gegend häufig vorkamen - wilde Hirsche und Rehe mit sanften Augen. Aber was Annie interessierte, waren die

Zeichnungen von bekannten Personen. Ein Bild einer Frau, die Tania ähnelte, sitzend auf einem umgestürzten Baumstamm. Eine Zeichnung eines Mannes, der wie Russel aussah, vor einer Reihe von Computern stehend. Jeder in der Kommune war in irgendeiner Weise dargestellt.

»Weil«, antwortete Fleur, »Sie es einfach nicht sollten. Es ist besser, schlechte Dinge in Ruhe zu lassen.«

»Sie sind eine ziemlich gute Künstlerin«, sagte Annie und nickte zu den Bildern an der Wand.

Fleur zuckte mit den Schultern. »Es ist einfach das, was ich schon immer gemacht habe. Zeichnen ist manchmal das Einzige, was Sinn ergibt.«

»Was hat Sie nach *Serenity Peaks* gebracht?«, fragte Annie und entlockte Fleur einen entsetzten Gesichtsausdruck.

»Wir sprechen hier nicht über die Vergangenheit«, sagte Fleur und wippte ein wenig auf ihrem Stuhl vor und zurück.

»Das bedeutet nicht, dass Sie mir nicht erzählen können, was Sie hierher gebracht hat«, zuckte Annie mit den Schultern, als ob die Sache überhaupt nicht wichtig wäre. »Natürlich ohne auf Einzelheiten einzugehen.«

»Ich kam, weil ich frei sein wollte«, antwortete Fleur. »Sie wären überrascht, wie schwer das da draußen ist.« Sie nickte zum Fenster hinaus und deutete auf die Außenwelt.

»Ja«, stimmte Annie zu. »Niemand ist wirklich frei, oder?«

»Nicht vom Geld«, antwortete Fleur. »Nicht von der Zeit. Nicht vom Kampf. Nein, niemand ist wirklich frei.«

»Wie gut kannten Sie Russel?«, fragte Annie.

Fleur spürte, wie sich ihr Hals bei der Erwähnung von Russels Namen zusammenzog. Sie erinnerte sich an ihr letztes Gespräch mit ihm. Was er von ihr gewollt hatte. Aber ihre Arme zitterten bei dem Gedanken. Ohne ihre Erlaubnis begann ihr Körper sich anzuspannen, ihre Fäuste ballten sich. »Nicht gut«, log Fleur, ihre Stimme klang zu hoch und weit weg.

»Haben Sie je Brettspiele mit ihm gespielt?«, fragte Annie.

»Ja.«

»Was haben Sie gespielt?«

»Pictionary«, antwortete Fleur, ihre Stimme kaum mehr als ein Flüstern. »Aber das spielt jetzt keine Rolle mehr.«

»Nein«, Annie schüttelte den Kopf, lehnte sich vor und sah Fleur an, als könne sie direkt durch sie hindurchsehen. »Sehen Sie denn nicht?« Sie streckte die Hand aus und berührte Fleurs Hand. »Es spielt jetzt mehr denn je eine Rolle. Er hat es für Sie hinterlassen, wissen Sie. Das Spiel? Er hat Pictionary für Sie markiert. Ich frage mich, warum?« Es gab einen Moment, in dem die beiden ohne Worte zu sprechen schienen, und dann stand Annie auf, um zu signalisieren, dass es Zeit war zu gehen. »Ethan und ich werden wiederkommen. Wenn Sie bereit sind.«

Damit ließen sie Fleur allein, mit nichts als den Bildern an ihrer Wand.

# KAPITEL FÜNFZEHN

MARK

Mark installierte gerade Solarpanele auf dem Dach seiner Hütte, als Annie und Ethan vorbeikamen, um ihm Fragen über Russel zu stellen.

»Ich hoffe, es macht Ihnen nichts aus, wenn ich weiter an den Paneelen arbeite!«, rief Mark vom Dach seiner Hütte herunter. Unter ihm reckten Annie und Ethan ihre Hälse, um nach oben zu schauen und versuchten, seine Gestalt auszumachen, als er sich vom Schatten in Richtung Sonne bewegte.

»Kein Problem«, rief Annie zurück und hielt eine Hand über die Augen, um ihr Gesicht vor der Blendung zu schützen. »Tania erwähnte, dass Sie Russel nahestanden.«

Es war ein Hämmern zu hören, als Mark ein Verbindungsstück auf dem Dach festnagelte. »So nah wie jeder andere«, sagte er, wobei seine Stimme vom Geräusch des Hammers überdeckt wurde, sodass Annie und Ethan sich vorbeugen mussten, um ihn zu verstehen. »Russel war in gewisser Weise ein Gründungsmitglied der Gruppe. Abgesehen von Tania war er am längsten hier. Er bemühte sich, jeden kennenzulernen.«

Mark wischte sich die Stirn ab und hoffte, er hätte sich

davon distanziert, eine besondere Verbindung zu Russel zu haben. Er blickte zu Annie hinunter. Sie sah genauso aus wie auf ihrem Foto. Mark hasste es, dass er wusste, wie sie aussah, bevor sie überhaupt angekommen war. Es ließ ihn sich schmutzig fühlen, fast kriminell. Wie die Person, die er gewesen war, bevor er in *Serenity Peaks* ankam – die Person, die er hinter sich zu lassen versuchte.

*Verdammt, Russel*, dachte er bei sich. *In was zum Teufel hast du mich da reingezogen?*

Er bewegte sich zu einem anderen Panel und holte einen elektrischen Bohrer heraus, um ein Loch zu bohren, um die Solarbatterie zu befestigen. Mark hoffte insgeheim, dass die Bauarbeiten die beiden Detektive von ihm fernhalten würden. Vielleicht würde der ganze Lärm genug Frustration erzeugen, dass sie das Interview aufgeben und zu jemand anderem weitergehen würden.

»Was für eine Person war Russel Ihrer Meinung nach?«, rief Annie über das Geräusch des Bohrers hinweg, unerbittlich in ihrem Streben nach der Wahrheit. »Wie würden Sie ihn beschreiben?«

Mark hörte auf zu bohren und legte das Elektrowerkzeug beiseite. Er setzte sich auf seine Fersen, atemlos, und wischte sich den Schweiß von der Stirn. »Er war methodisch«, sagte Mark und schüttelte den Kopf. »Er mochte es, alle Teile aufzureihen, um ein Problem zu lösen, und sie dann der Reihe nach abzuarbeiten.«

»Und was ist mit Ihnen?«, sagte Annie und trat einen Schritt vor. »Sie sind wegen der Umweltauswirkungen hierher gezogen, richtig? Sie wollten mit einem geringeren $CO_2$-Fußabdruck leben.«

»Das stimmt«, stimmte Mark zu. »Ich wollte einfach meinen Teil für die Umwelt beitragen.«

»Und davor haben Sie an Umweltprogrammen gearbeitet?«

Mark zögerte, kletterte dann die Leiter hinunter, die zum

Dach führte, und traf Annie und Ethan schließlich auf der Veranda. Er zog seine Handschuhe aus und legte sie auf das Geländer.

»Wissen Sie, hier bevorzugen sie es wirklich, wenn wir nicht über die Vergangenheit reden. Das gibt uns die Chance, neu anzufangen.«

»Und das haben Sie gesucht? Einen Neuanfang?«, fragte Annie.

»Manchmal braucht ein Mensch das«, antwortete Mark mit einem entrückten Blick in den Augen. »Ein Mensch muss irgendwohin gehen, wo er seine Wahrheit leben kann. Deshalb bin ich nach *Serenity Peaks* gekommen. Um meine Wahrheit zu leben.«

»Leben Sie sie jetzt?«

Mark antwortete nicht. Stattdessen beantwortete er Annies Frage nur mit Schweigen und ließ den Moment schwer in der Luft hängen.

Ethan brach den Bann. »Ihr Truck«, sagte er und zeigte auf den Pick-up, der vor Marks Hütte geparkt war. »Wie lange haben Sie ihn schon?«

»Über ein Jahrzehnt«, zuckte Mark mit den Schultern. »Es ist ein altes Ding, aber ich habe es so umgerüstet, dass es mit Maisöl läuft. Besser für den Planeten als Benzin. Es ist mein Baby.«

»Waren Sie seit Russels Tod darin?«, fragte Annie und hob eine Augenbraue.

»Warum sollte das wichtig sein?«

»Ich habe mich nur gefragt, ob Sie den Truck durchsucht haben«, fuhr Annie fort, während sie sich an die Hot Wheels-Version des Trucks erinnerte, die sie früher gefunden hatte, mit Marks Namen auf der Seite. »Wenn Russel wusste, dass er wichtig war, hätte er Ihnen vielleicht etwas dort hinterlassen.«

»Sie lassen es klingen, als hätte er gewusst, dass er sterben würde«, sagte Mark ohne einen Hauch von Überraschung in seiner Stimme.

»Nur eine Vermutung«, zuckte Annie mit den Schultern. »Keine Tatsache.« Sie blickte zu den Solarpaneelen auf dem Dach. »Wir lassen Sie dann mal weitermachen. Danke, dass Sie sich die Zeit genommen haben.«

Damit verabschiedeten sich Annie und Ethan. Mark zog seine Handschuhe wieder an und machte sich auf den Weg die Leiter hinauf, wobei er über Annies Worte nachdachte und ein furchtbares Gefühl in seiner Magengrube hatte.

---

Später, als er sicher war, dass die Luft rein war und die beiden Detektive weit weg von seiner Hütte waren, kletterte Mark vom Dach herunter. Ein Gefühl der Dringlichkeit trieb ihn voran, seine Beine bewegten sich wie von selbst. Die Worte der weiblichen Detektivin wiederholten sich in einer Endlosschleife in seinem Kopf.

*Vielleicht hätte er Ihnen dort etwas hinterlassen.*

Es stimmte. Vor seinem Tod hatte Russel Mark genaue Anweisungen gegeben, was er mit dem Truck tun sollte. Anweisungen, denen Mark bisher weiterhin widerstand. Technisch gesehen gehörte der Truck immer noch Russel. Aber es war seit so vielen Jahren Marks De-facto-Fahrzeug gewesen, und er hatte so viel Liebe und Sorgfalt hineingesteckt, dass er sich nicht vorstellen konnte, ohne ihn zu leben.

Fast so, wie er sich nicht vorstellen konnte, ohne Russel zu leben.

Dieser Truck war das letzte Stück von Russel, das Mark noch hatte. Und Russel hatte ihn gebeten, ihn wegzugeben. Es war eine besondere Art von Grausamkeit, die Marks Wangen vor Wut erröten ließ.

Aber jetzt gab es eine andere Möglichkeit. *Was, wenn Russel ihm etwas im Truck hinterlassen hatte?*

Marks Gedanken rasten, als er sich der Fahrerseite näherte und das Fahrzeug mit einem vertrauten goldenen Schlüssel aufschloss. Der Truck war alt genug, dass er keine automatischen Schlösser hatte, und Mark mochte es so. Er war alt und in seiner Art festgefahren, ein störrisches Maultier von einem Ding, genau wie er – und genau wie Russel.

Die Tür öffnete sich mit einem befriedigenden Klicken, und Mark sprang hinein, um mit der Suche zu beginnen. Er hoffte, einen Brief zu finden. Oder etwas Bedeutungsvolles. Zunächst brachte seine Suche keinen Preis, aber dann öffnete er das Handschuhfach.

Was er darin fand, war wie ein Schlag ins Gesicht. Es war kein Brief.

Es war eine Karte. Und – nach dem Ort zu urteilen, der auf der Karte eingekreist war – war diese Route überhaupt nicht für Mark bestimmt.

Sie war für die Person bestimmt, der Russel den Truck geben wollte. Mark hatte genaue Anweisungen, die er gerade missachtete. Er sollte den Truck der Person geben, die Russel angegeben hatte. Mark hatte den Grund für die Bitte damals nicht verstanden – aber jetzt, nachdem er diese Karte gefunden hatte, war der Grund klar.

*Russel*, schüttelte Mark den Kopf, *in was hast du uns da reingezogen?*

Mark hielt inne, um seine nächsten Schritte zu überdenken, dann legte er die Karte zurück ins Handschuhfach und schlug es zu, schloss es ab, damit niemand finden würde, was sich darin befand.

# KAPITEL SECHZEHN

CORD

Cord wartete einen der vielen Whirlpools von *Serenity Peaks* als Annie und Ethan kamen, um ihn zu befragen. Er hielt den Rand eines langen Keschers an einem Stiel und benutzte ihn, um Blätter aus dem blubbernden Wasser zu fischen. Der Whirlpool stand auf einer Holzplattform, und neben Cords Füßen lag eine Tasche voller Chemikalien. Ein PH-Regler. Chlor. Alles griffbereit, zusammen mit einer Anleitung zur Verwendung von Teststreifen, um die Bedürfnisse des Wassers zu messen.

»Ich mag es, wenn alles stimmt«, sagte Cord zu Annie und Ethan, die vor ihm am Fuß der Stufen standen, die zum Jacuzzi führten. »Niemand meldet sich mehr freiwillig für meine Aufgaben, weil sie wissen, dass ich sie mag und am besten darin bin.«

»Das kann ich sehen«, sagte Annie und beobachtete, wie Cord sich zu den Chemikalien zu seinen Füßen bückte und eine Tablette ins blubbernde Wasser warf. »Was gefällt dir am besten am Leben hier?«

»Das Ding an einer Kommune ist, dass es so ist, wie Menschen sein sollten«, zuckte Cord mit den Schultern und teilte etwas mit, worüber er oft nachgedacht hatte. »Da draußen«, er blickte zum Horizont, »war ich ganz allein. Niemand schuldete mir wirklich etwas, und ich schuldete ihnen auch nichts. Siehst du, abgesehen von der Familie, und manchmal sogar mit ihr, leben die Menschen da draußen ganz allein. In einer Großstadt könntest du auf der Straße umfallen und die Leute würden vorbeigehen, denken, du wärst obdachlos oder auf Drogen. Sie würden nicht einmal anhalten, um dir zu helfen. Und selbst wenn du obdachlos *bist* oder auf Drogen, sollten sie anhalten. Aber das tun sie nicht.« Cord lehnte sich an den Rand des Whirlpools und schüttelte den Kopf. »Findest du das nicht seltsam?«

»Ich schätze schon«, stimmte Ethan zu und nickte. »Wir gewöhnen uns daran, an Menschen vorbeizugehen.«

»Für mich hat das nie Sinn ergeben«, sagte Cord, sein Gesicht kindlich und offen. Die Art, wie er sprach, ließ Annie vermuten, dass er auf dem Spektrum sein könnte. Er hatte Schwierigkeiten, Blickkontakt zu halten, und verlagerte seine Energie hin und her, was ihn von einer Seite zur anderen schaukeln ließ. »Ich habe immer wieder versucht, allen da draußen zu helfen, und sie haben mich angesehen, als wäre ich verrückt. Meistens wurde ich ausgenutzt, obwohl ich eigentlich nur Freunde finden wollte.«

»Ist das der Grund, warum du nach *Serenity Peaks* gekommen bist?«, fragte Annie.

»Das ist eine lange Geschichte«, sagte Cord. »Aber meine Familie mochte mich nicht besonders. Also bin ich mit vierzehn abgehauen. Bin auf der Straße rumgekommen. Hab alle möglichen Leute getroffen - einige von ihnen wirklich gut. Andere nicht so sehr. Ich bin per Anhalter herumgereist und jemand hat mich in der Stadt am Fuß des Berges abgesetzt. Dort habe ich Tania getroffen. Sie machte gerade einen Einkauf und hat mich aufgenommen.«

»Musstest du die Aufnahmegebühr bezahlen?«, fragte Annie neugierig.

»Oh ja«, nickte Cord ernst. »Es war eine große Verpflichtung. Tania nahm mir fast die Hälfte meines Geldes.«

»Und wie viel war das?«, fragte Ethan besorgt.

»Fünf Dollar«, sagte Cord feierlich.

Annies Mund klappte auf. »Cord«, sie schüttelte den Kopf. »Wusstest du, dass andere Bewohner eine einmalige Gebühr von zehntausend Dollar oder mehr gezahlt haben, um hier zu sein?«

»Weiß nicht«, sagte Cord und kratzte sich am Kinn. »Tania sagte mir, die Gebühr müsse für die Person nur groß genug sein, damit sie sich in der Gemeinschaft investiert fühlt. Schätze, für mich waren fünf Dollar damals eine große Investition. Es war fast das ganze Geld in meiner Tasche.«

»Macht Sinn«, lächelte Annie ihn an. »Und es gefällt dir hier?«

»Ja«, sagte Cord eifrig. »Es war, wie ich schon sagte. Menschen waren nicht dazu bestimmt, allein zu leben und einander nichts zu schulden. Frühe Menschen lebten in kleinen Dörfern, oder? Russel gab mir ein Buch darüber, als ich hier einzog. Es hat eine Weile gedauert, bis ich es durchgearbeitet hatte, aber es ließ mich erkennen, dass ich nicht der Komische war, weil ich anderen helfen wollte. Die ganze Zeit, als ich auf der Straße war, geriet ich in Schwierigkeiten. Ich teilte meinen letzten Cent mit dem Fremden im Zelt neben mir, und er verschwand damit. Ich lieh jemandem mein Fahrrad und er kam nie zurück. Ich fing an zu denken, ich wäre der Dumme oder der Verrückte, weil ich Menschen vertraute, aber dann gab mir Russel dieses Buch über Dörfer, und alles ergab einen Sinn. *Ich war* nicht der Komische, weil ich mich um Menschen kümmerte. Ich brauchte nur ein Dorf. Wo sich auch alle anderen kümmern. Verstehst du?«

»Ja, das tue ich«, sagte Annie zu Cord und beobachtete, wie er die Düsen des Whirlpools abschaltete und den Deckel darüber zog, um ihn zu schützen. »Warst du Russel nahe?«

»Es ist seltsam, dass du ›warst‹ sagst«, Cords Gesicht

wurde rot und er zupfte an seinem Kragen. »Für mich fühlt es sich immer noch an, als wäre er hier.«

»Ich weiß«, sagte Annie traurig. »Es fühlt sich wirklich so an.«

»Wir standen uns nahe. Er gab mir Bücher und sprach mit mir über Dinge. Wie ein Vater es tun würde. Wir spielten Brettspiele.«

»Was habt ihr gespielt?«, fragte Annie, ihre Augen leuchteten auf.

»Alle möglichen Sachen«, antwortete Cord. »Jedes Brettspiel, das du dir vorstellen kannst.«

»Cord«, Annie ging die Stufen hinauf und legte eine Hand auf seine Schulter. »Was, wenn ich dir sage, dass Russel vor seinem Tod ein bestimmtes Spiel für dich vorgesehen hat. Würde das etwas bedeuten?«

»Kommt auf das Spiel an.«

»Es war *Mensch ärgere Dich nicht*«, sagte Annie und suchte in seinem Gesicht nach einem Zeichen des Erkennens. Cords Augen weiteten sich und er legte eine Hand an seine Schläfe.

»Oh nein«, sagte er und schüttelte den Kopf. »Oh nein, oh nein, oh nein...«

»Cord«, flüsterte Annie und tröstete ihn so gut sie konnte. »Es ist okay. Nicht weinen. Atme tief durch. Bleib bei mir.«

Tränen liefen über Cords Wangen und sein Atem beschleunigte sich. »Ich wollte nie jemandem wehtun«, sagte er. »Ich wollte es nie.«

»Das ist okay«, antwortete Annie, ihr Ton glatt wie Honig. »Aber Russel würde wollen, dass du ehrlich bist, oder?«

»Immer.«

»Er würde wollen, dass du die Wahrheit darüber sagst, wofür du dich *ärgerst*. Ich verspreche dir, ich werde mein Bestes tun, um dich zu beschützen. Aber du musst der Mann sein, den Russel in dir sehen wollte.«

Es gab einen langen Moment, in dem Cord Annies Gesicht musterte und sich fragte, ob er ihr vertrauen konnte. Sein

Verstand durchforstete Bilder von Menschen aus seiner Vergangenheit - diejenigen, die er auf der Straße getroffen hatte. Eine Flut von Bildern spielte sich vor seinem geistigen Auge ab, alles Flüstern von Geistern, die er längst vergessen hatte. Cord hatte immer wieder den falschen Menschen vertraut, bis er sein Dorf gefunden hatte. Jetzt hatte Russel ihn mit einer Herausforderung zurückgelassen. Und um sie zu bewältigen, müsste er einen weiteren Vertrauenssprung in die Arme der Frau vor ihm wagen.

»Komm heute Abend zu meiner Hütte«, sagte Cord und wischte sich die Nase am Ärmel ab. »Meine Aufgaben sind um acht Uhr erledigt. Dann zeige ich dir alles.« In seiner Stimme lag eine resignierte Schwere, als wüsste er, dass seine Welt zu Ende ging und er nichts anderes tun konnte, als zu sitzen und zuzusehen, wie die Sonne explodierte.

»Braver Junge«, sagte Annie und klopfte ihm auf die Schulter. »Wir sehen uns heute Abend.« Sie ging die Treppe hinunter, ihre Schuhe knirschten über Blätter, als sie Ethan vom Whirlpool wegzog und einen verstörten jungen Mann zurückließ.

»Bist du sicher, dass es klug ist, ihn allein zu lassen?«, flüsterte Ethan ihr ins Ohr, besorgt. »Er könnte ein Fluchtrisiko sein.«

»Dieser Junge?«, Annie lachte bei dem Gedanken. »Er wüsste gar nicht, wohin er laufen sollte.«

# KAPITEL SIEBZEHN



Banks hatte Annie und Ethan den ganzen Tag über beschattet. Zumindest hatte er das Paar so gut wie möglich verfolgt, ohne entdeckt zu werden. Er war ihnen unter dem Vorwand, Aufgaben zu erledigen, bei ihren Befragungen gefolgt. Er trug Feuerholz aus dem Wald herein, was ihm erlaubte, vor dem Meditationsraum zu verweilen, der an Guru Metts Hütte angebaut war. Er hatte beobachtet, wie sie vor Marks Hütte standen, nur um dann zu sehen, wie Mark auftauchte, sobald sie außer Sichtweite waren, und schnurstracks zu seinem Truck ging, mit einer gewissen Dringlichkeit in seinen Schritten. Banks hatte gesehen, wie Mark das Handschuhfach öffnete, etwas darin erblickte und es wieder verschloss.

Jetzt war die Sonne untergegangen, und Banks trug einen schwarzen Hoodie und Jeans, ein schwarzer Schal bedeckte sein Gesicht, als er auf der Lichtung vor Marks Hütte stand. Er hatte gewartet, bis es dunkel war, um seinen Zug zu machen, sicher, dass er finden würde, was er brauchte, ohne entdeckt zu werden.

Er näherte sich dem Ort, wo Marks weißer Pickup stand,

griff nach einem Schraubenzieher und einem Hammer, um die Beifahrertür aufzubrechen. Mit Gewalt schaffte er es, das Schloss zu knacken, und tat dasselbe mit dem Handschuhfach. Wie dumm von Mark anzunehmen, dass Schlösser einen anständigen Handwerker aufhalten könnten.

Banks griff hinein und zog den Gegenstand heraus, den Mark darin eingeschlossen hatte. Es war eine Papierkarte, aber nicht irgendeine Karte - jemand hatte mit rotem Marker darauf gezeichnet und eine Route von *Serenity Peaks* zu einem anderen Ort eingezeichnet, der eingekreist und mit Breiten- und Längengrad gekennzeichnet war.

Banks wog seine Möglichkeiten ab, dann holte er ein Feuerzeug aus seiner Tasche. Zum Glück genoss er ab und zu eine Zigarette, und während es normalerweise eine Angewohnheit war, die ihm ziemlich viel Ärger einbrachte, erwies sie sich in diesem Moment als nützlich.

Mit einem Daumenschnippen erwachte das Feuerzeug zum Leben. Banks hielt es an den Rand der Karte, die von der Flamme verschlungen wurde. Der orangefarbene Tiger kroch die Seite der Karte hinauf, bis er sie schließlich ganz verschlang. Banks ließ den letzten Zipfel fallen, als das Feuer seine Arbeit beendet hatte, und blickte auf die verstreuten Ascheflocken am Boden. Die Karte war zerstört. Unlesbar. Das war alles, was Banks brauchte.

Er sprang von der Beifahrerseite herunter und schloss die Tür leise, ohne sich die Mühe zu machen, die Spuren seiner Zerstörung zu verwischen. Dann rannte er in die Nacht hinaus und nahm einen Umweg zurück zu seiner eigenen Hütte, der ihn zunächst in den Wald führte - nur um eine plausible Abstreitbarkeit zu haben, falls ihn jemand gesehen hatte. Im Wald zog er den Hoodie aus und ließ das Taschentuch fallen, darunter kam ein schlichtes T-Shirt zum Vorschein. Dann machte er sich auf den Weg zurück zum Berg und ging schließlich den Feldweg zu seinem kleinen Bungalow hinauf.

Er trat ein und schaltete eine Lampe auf dem Nachttisch an, wühlte in einer Schublade und zog sein Handy heraus. Er öffnete es und wählte per Kurzwahl eine Nummer, die er hasste anzurufen.

»Wir haben ein größeres Problem als gedacht«, sagte Banks, sobald er eine Begrüßung von der Stimme am anderen Ende der Leitung hörte. »Ich weiß, wie er gestorben ist. Er versuchte, ihnen eine Karte zu hinterlassen.«

Ein Schauer lief Banks über den Rücken, als er darüber nachdachte, was das bedeutete. Annie und Ethan täten besser daran, nicht weiter herumzuschnüffeln - sie begaben sich auf einen Weg, der keine Umkehr erlaubte, und das Schlimmste stand noch bevor.

# KAPITEL ACHTZEHN



Um zehn nach acht standen Annie und Ethan vor der Tür von Cords kleiner Hütte, einen Korb mit Muffins aus der Gemeinschaftskantine in Annies Armen.

»Müssen wir ihn wirklich mit Essen bestechen?«, fragte Ethan mit einem Blick auf den Korb.

»Ich hatte ein schlechtes Gewissen, weil wir ihn heute Morgen zu hart rangenommen haben«, erwiderte Annie. »Der Junge braucht eine Pause.«

»Es sei denn, er ist der Mörder.«

»Auch Mörder brauchen Kohlenhydrate«, scherzte Annie. Dann streckte sie die Hand aus und klopfte an die Tür. Cord öffnete ohne Verzögerung und ließ sie in seine kleine Hütte eintreten.

»Ich hab nicht viel. Die Bude ist nicht fancy«, sagte er und sah unbeholfen aus, als er ihnen bedeutete, sich an einen bescheidenen Tisch in der Ecke zu setzen. Er war flach und aus Holz, mit eingeritzten Markierungen an der Seite. Ein Bein war etwas kürzer als die anderen, aber Cord hatte etwas Knetmasse darunter geklebt, um es auszugleichen.

»Ich liebe, was du daraus gemacht hast«, sagte Annie

lächelnd. »Wir hatten das große Privileg, ein paar Hütten hier zu betreten, und jede einzelne ist makellos und einzigartig.«

»Es ist einfach«, nickte Cord. »Aber es hat etwas Besonderes, so zu leben.«

Annie stellte den Korb mit Muffins auf den Tisch. »Wir haben dir einen Snack mitgebracht«, bot sie an. Cord nahm ohne zu zögern einen Muffin aus dem Korb und biss hinein.

»Habt ihr auch das Spiel mitgebracht?«, fragte Cord mit vollem Mund.

Ethan nickte und griff in die Sporttasche, die er mitgebracht hatte. Er öffnete den Reißverschluss und zog das Spiel *Sorry* heraus, das er auf den Tisch legte. Cord fuhr mit den Händen über die Oberfläche der Schachtel, als wäre es etwas Mystisches.

»Wir haben die ganze Zeit gespielt«, sagte Cord mit glänzenden Augen. »Russel und ich. Es erinnerte mich daran, wie sie Familien-Spieleabende in der Werbung zeigen. Habt ihr die mal gesehen? Die Werbung kann für alles Mögliche sein. Sogar für etwas Unzusammenhängendes. Spülmittel. Pizzalieferung. Aber da ist diese glückliche Familie im Wohnzimmer, die einen Spieleabend hat. Ich wollte immer eine solche Familie, und wenn ich zu Russel in die Hütte zum Spieleabend ging, fühlte es sich an, als hätte ich eine.«

»Haben die anderen Mitglieder der Kommune auch mitgespielt?«, fragte Annie.

»Manchmal«, sagte Cord und schluckte einen weiteren Bissen seines Muffins herunter. »Aber ich wollte öfter spielen als sie. Sie kamen etwa einmal pro Woche, und wir machten alle zusammen einen Abend. Aber manchmal wurde mir langweilig oder ich fühlte mich einsam, und Russel war immer für ein Spiel zu haben.«

»Das ist nett«, sagte Annie nickend. »Nun... Ich glaube, du weißt, was ich fragen muss.«

Cord seufzte. Dann stand er auf und ging ins Badezimmer. Er verschwand für einen Moment und holte Gegenstände vom Waschbecken. Dann kehrte er zum Tisch zurück und breitete die Sachen auf der Oberfläche aus.

Ein Ohrring. Ein Schal. Ein Bleistift. Ein Ausweis.

»Was sehe ich mir hier an?«, fragte Ethan verwirrt. »Das- Ich dachte, das wäre ein Geständnis zu einem Mord, nicht ein Besuch im Secondhandladen.«

Annie stieß Ethan mit dem Ellbogen in die Rippen, aber der Schaden war angerichtet. Cords Mund klappte auf. »*Mord?!*«, rief er aus. »Hey, ich hab niemanden umgebracht-«

»Natürlich nicht«, sagte Annie und schüttelte den Kopf. »Du musst meinen Partner entschuldigen. Er war verwirrt. Also - die Gegenstände?«

Cord blickte auf den Boden und schien plötzlich sehr interessiert an seinen Schnürsenkeln. »Die Sache ist die, ich hab klebrige Finger.«

»Klebrige Finger?«, fragte Ethan.

»Ich klaue manchmal Sachen. Ihr müsst wissen, es geht nicht ums Geld, echt nicht!«, Cord hob die Hände, als würde er verhaftet. »Es ist harmlos, wirklich. Nur etwas, das ich als Kind gemacht habe, weil meine Eltern manchmal für ein paar Wochen weggingen. Und bevor sie gingen, nahm ich etwas aus ihrer Tasche, nur um es zu haben. Wurde irgendwie zur Angewohnheit.«

»Eine Angewohnheit, die du als Erwachsener beibehalten hast«, nickte Annie.

»Genau«, antwortete Cord. »Sogar auf der Straße. Ich lernte jemand Neues kennen und mochte sie, aber ich fing an zu lernen, dass es nur eine Frage der Zeit war, bis sie mich übers Ohr hauen, meine Sachen klauen oder mich verlassen würden. Also nahm ich, bevor sie die Chance dazu bekamen, etwas von ihnen. Nicht als Rache«, er zuckte mit den Schultern. »Nur um mich an sie zu erinnern. Damit ich immer noch ein Stück von ihnen bei mir haben konnte.«

»Und diese Gegenstände?«, Annie deutete auf den Tisch. »Woher stammen sie?«

»Nun, das ist der schlechte Teil«, sagte Cord. »Sie sind von Leuten hier in der Kommune. Ich bin allen sehr nahe gekommen und ich denke, sie bleiben alle, aber für den Fall, dass sie mich eines Tages verlassen, habe ich jetzt etwas von ihnen, das ich behalten kann. Die Hälfte von ihnen weiß nicht mal, dass etwas fehlt. Es ist auch leicht, an Sachen zu kommen, weil ich so viel Instandhaltung in den Hütten von allen mache.«

»Das ergibt Sinn«, stimmte Annie zu und versuchte, Ethan nicht anzusehen, der die Augenbrauen hochgezogen hatte, als wollte er sagen, dass es überhaupt keinen Sinn ergab. »Und Russel - wusste er von deiner Angewohnheit?«

»Ich habe es ihm einmal erzählt, als wir *Sorry* spielten«, sagte Cord und ließ den Kopf hängen. »Der Titel des Spiels ließ mich mich richtig schuldig fühlen, also erzählte ich Russel alles. Er war sehr nett deswegen. Ich hatte Angst, er würde nicht mehr mit mir abhängen wollen, sobald er es wüsste, aber er sagte, es sei ihm egal. Er sagte, jeder sei ein bisschen anders und ich sollte mich nicht schlecht fühlen. Dass ich einfach nur so gut wie möglich mit der Welt zurechtkomme. Aber er sagte auch, ich sollte die Sachen zurückgeben. Nicht sofort, sondern zum richtigen Zeitpunkt.«

»Zum richtigen Zeitpunkt?«

»Ja. Russel sagte mir, ich solle auf den richtigen Moment warten, aber zum richtigen Zeitpunkt sollte ich alles zurückgeben und *Sorry* sagen. Er sagte mir, es sei wie bei dem Spiel. Dass das Timing alles ist. Deshalb wusste ich, als ihr sagtet, er hätte das Spiel für mich markiert - er sagte mir damit, dass es Zeit ist, zu dem zu stehen, was ich getan habe, und *sorry* zu sagen.«

»Cord«, sagte Annie und rutschte nach vorne, sodass sie auf der Kante ihres Stuhls saß. »Ich werde dir etwas Wichtiges fragen. Hast du etwas von Russel genommen? Vielleicht in den Tagen vor seinem Tod?«

»Woher wusstest du das?«, fragte Cord, und seine Wangen

färbten sich dunkelrot. »Ich wollte es nicht, aber er *wusste*, dass ich dieses Problem hatte, und er ließ es trotzdem liegen, ganz deutlich auf dem Tisch. Er stand auf, um auf die Toilette zu gehen, und ließ es direkt vor mir liegen. Ich dachte halb, er würde bemerken, dass es weg war, als er zurückkam, aber er tat es nicht, weil er so in das Spiel vertieft war.«

»Was hast du genommen, Cord?«

Cord griff in den Haufen auf dem Tisch und zog einen weißen Ausweis hervor. Auf der Vorderseite stand eine einfache Reihe von Buchstaben, die ein Wort bildeten: ACCESS, mit Russels Namen darüber getippt. Auf der Rückseite war ein schwarzer Streifen, der anzeigte, dass der Ausweis in einem Streifenleser verwendet werden konnte. Cord reichte den Ausweis Annie, die ihn in ihren Händen hielt, als wäre er etwas Kostbares.

»Ich weiß nicht, wofür er ist«, sagte Cord mit einem Anflug von Vorsicht in der Stimme. »Ich hatte Russel ihn nie zuvor tragen sehen, bis zu diesem Spieleabend. Er trug ihn um den Hals an einem Band, dann nahm er ihn ab und legte ihn hin. Und, na ja, klebrige Finger«, Cord hob seine Hände und wackelte mit den Fingern in der Luft. »Ich wünschte, ich wüsste, wofür er ist.«

»Wenn du mich den Ausweis behalten lässt«, sagte Annie, »könnte ich das vielleicht herausfinden. Deal? Ich nehme den Ausweis und du kannst das Spiel haben.« Sie schob das *Sorry*-Spiel über den Tisch.

»Und die Muffins«, sagte Cord und zog den Korb mit Muffins näher zu sich heran.

»Natürlich«, sagte Annie und stand auf. Ethan folgte ihr, und die beiden machten sich auf den Weg zur Tür. »Und Cord – danke, dass du ehrlich warst. Ich weiß, Russel wäre stolz auf dich.«

Damit ließen sie einen zufriedenen Cord zurück, schlossen sanft die Tür seiner Hütte und tauchten ein in die kühle

Nachtluft. Sie stiegen die Stufen hinab, wobei Tannennadeln unter ihren Schuhen knirschten.

»Scheint, als hättest du recht gehabt mit den Muffins«, scherzte Ethan und stupste Annie leicht mit dem Ellbogen an. »Was meinst du, wozu er gehört?«, fragte er und nickte zu dem Ausweis, den Annie so behutsam in den Händen hielt, als wäre es ein kostbarer Schatz.

»Ich bin mir noch nicht sicher«, sagte Annie nachdenklich. »Aber eines weiß ich gewiss – Russel wollte, dass Cord ihn nimmt. Und vielleicht, nur vielleicht, wollte er auch, dass wir ihn bekommen.«

# KAPITEL NEUNZEHN

MARK

Die kühle Abendluft glitt Mark die Kehle hinunter, als er auf seinen Truck zuging und seine Jacke enger um die Schultern zog. Es war ein warmer, flauschiger Mantel aus umweltfreundlichem Gänsedaunen-Ersatz, der Mark angeblich selbst unter härtesten Bedingungen warm halten sollte. Doch heute Abend funktionierte der Mantel nicht. Mark spürte eine Kälte unter seiner Haut, die von irgendwo in seinem Inneren kam. Es war vielleicht Schuld, weil er Russels letzten Wunsch nicht erfüllt hatte.

*Ich sollte ihnen von der Karte erzählen,* dachte er bei sich, während ein Schauer seinen Rücken hinunterlief. Er erinnerte sich an die Momente, die er seit seiner Ankunft mit Russel verbracht hatte. Stunden, die sie gemeinsam beim Angeln am See verbracht hatten. Langsame, gemächliche Wanderungen durch den Wald, bei denen sie Blätter aufsammelten, um sie zu vergleichen. An einem Ort wie *Serenity Peaks* gab es nicht viel zu tun. Es waren die Menschen, von denen man umgeben war, die das Land wie ein Zuhause erscheinen ließen. Und Russel war der erste Mensch gewesen, der Mark das Gefühl gegeben hatte, zu Hause zu sein.

Mark ging auf seinen Truck zu, begierig darauf, sich auf die heutigen Festlichkeiten vorzubereiten. Die Kommune veranstaltete ein Überraschungsevent, das von Tania organisiert wurde, die dachte, die Gruppe könnte einen Aufschwung gebrauchen. Mark war der einzige Bewohner, der in Tanias geheime Partyplanung eingeweiht war, und er hatte die Aufgabe, schnell in die Stadt zu fahren, um ein paar Vorräte zu besorgen. Wie üblich war er im Zeitplan zurück.

Mark blieb an der Tür seines Trucks stehen und erstarrte, als ihm der Atem stockte, weil er etwas Seltsames an der Beifahrerseite bemerkte. Das Handschuhfach hing weit offen und erinnerte Mark an einen vor Überraschung heruntergeklappten Kiefer. Das Schloss war mit roher Gewalt zerschlagen und zerstört worden, Teile des Mechanismus lagen auf der Fußmatte. Daneben bedeckten winzige verkohlte Papierfetzen den Boden.

*Die Karte*, dachte Mark, sein Herz raste. *Jemand hat die Karte bekommen.*

Sein Kopf drehte sich. Das war bedeutsam. Russel war nie völlig ehrlich zu Mark über seine Vergangenheit gewesen, und Mark hatte nie nachgebohrt. Er hatte nie Fragen gestellt, denn wenn man jemanden liebte, musste man einfach für ihn da sein – so einfach war das.

Aber jetzt musste Mark verstehen, in was Russel ihn hineingezogen hatte.

Und es gab nur eine Person, die ihm helfen konnte, das Netz aus Lügen zu entwirren, das nun das Leben bedrohte, das er sich aufgebaut hatte:

*Fleur.*

# KAPITEL ZWANZIG

ES WAR NACH MITTERNACHT, und Annie konnte nicht schlafen. Stattdessen lag sie in Ethans Armen, dessen Schnarchen sie immer deutlicher daran erinnerte, dass sie selbst nicht abschalten konnte. Sie starrte an die Decke und dachte darüber nach, wie nah sie daran war, Antworten über das Verschwinden ihres Bruders zu finden.

Russel war eine gute Spur gewesen. Und jetzt war er tot.

Annie stockte der Atem, als sie sich an die Bilder von der Leiche ihres Bruders erinnerte, die in den Polizeiakten abgelegt worden waren. Sie hatte viele Jahre nach seinem Mord darauf zugegriffen, in der Hoffnung, dass der Blick in die Vergangenheit ihr Abschluss bringen würde.

Das hatte es nicht. Stattdessen hatte es ihr die Grausamkeit der Welt und ihre Fähigkeit, Schmerz zuzufügen, vor Augen geführt.

Annie blickte zu Ethan hoch und dachte darüber nach, was sie mit ihm teilte und was nicht. Sie hatte ihn in ihre Welt gelassen, aber vielleicht war das ein Fehler gewesen. Die sicherste Position war es, allein zu sein. Menschen konnten einen verletzen und verlassen, und die Welt interessierte es nicht, wie sehr man jemanden liebte - also was war der Sinn darin, überhaupt zu lieben? Sie fragte sich, ob sie vielleicht besser dran wäre, allein zu sein. Vielleicht waren Menschen im Allgemeinen besser dran, wenn sie allein waren.

In diesem Moment klopfte es an der Tür. Annie setzte sich kerzengerade auf, ein unwillkürliches Keuchen ließ ihre Brust erzittern. Im selben Augenblick schreckte Ethan hoch, sein Schnarchen war nur noch eine ferne Erinnerung. Er griff unter sein Kissen und zog eine geladene Waffe hervor, die er auf die Tür richtete. Mit der anderen Hand schob er Annie nach hinten und schirmte ihren Körper mit seinem eigenen ab.

Annie blinzelte schockiert. »Behältst du die *jede* Nacht unter deinem Kissen?«, flüsterte sie ihm ins Ohr.

»Du bist nicht die Einzige, die völlig durcheinander ist, Annie«, schüttelte Ethan den Kopf. Dann rief er in Richtung Tür: »Wer ist da?«

»Ich bin's, Cord!«, rief eine vertraute Stimme von der anderen Seite der Tür. »Es gibt ein spontanes Treffen am See. Ihr müsst mitkommen.«

Ethan entspannte sich sichtlich, Erleichterung durchströmte seine Adern. Mit Cord konnte er umgehen. Er legte die Waffe weg, stand dann auf und trug nichts als eine Flanell-Pyjamahose. Er zog sich ein T-Shirt über und öffnete vorsichtig die Tür zur Hälfte. Cord stand auf der anderen Seite und hielt zwei Papierlateren in der Hand.

»Danke, Cord, aber wir sind nicht wirklich in Stimmung für ein Treffen.«

»Ihr *müsst* kommen«, beharrte Cord und hielt die Laternen hin. »Tania hat es geplant, um allen zu helfen, wisst ihr, wegen Russel-« Cords Stimme versagte.

»Wir kommen schon klar, wirklich«, beharrte Ethan.

»Aber wie wollt ihr das alles sonst verarbeiten?«, fragte Cord mit weit aufgerissenen Augen.

»Hä?«, fragte Ethan und rieb sich die Augen. »Verarbeiten? Cord, ich weiß nicht - du - schlechte Dinge passieren einfach und man geht damit um, so gut man kann -«

»Ganz allein?«

Es knarrte, als Annie aus dem Bett stieg und sich einen Morgenmantel über ihr Nachthemd warf. Sie ging zu Ethan an die Tür und stellte sich neben ihn.

»Es ist nur -«, fuhr Cord fort und sah Annie an. »Das ist doch der ganze Sinn, warum wir hier sind, oder? Du musst nicht mehr allein mit den Dingen umgehen. Du hast ein Dorf.« Er hielt Annie eine Laterne hin. »Versuch es einfach. Wenn es euch nicht gefällt, könnt ihr gehen.«

Annie zögerte und hatte das Gefühl, sie würde einer viel größeren Sache zustimmen als nur einem Treffen. Doch dann streckte sie die Hand aus und nahm die unbeleuchtete Papierlaterne, wobei ein kleiner Teil von ihr hoffte, dass Cord recht hatte.

»Wir kommen«, sagte Annie und nickte.

»Großartig!«, rief Cord und klatschte in die Hände, nachdem er Ethan die andere Laterne gegeben hatte. »Ihr wisst, wo der See ist?«

Die beiden nickten zur Antwort.

»Wir sehen uns in fünfzehn Minuten. Zieht euch warm an. Wir warten auf euch.«

# KAPITEL
# EINUNDZWANZIG

DER VOLLMOND hing schwer am Himmel, als Annie und Ethan einen gewundenen Pfad hinunterschlichen, der zum Wald führte. Rund wie ein Teller warf das Mondlicht einen sanften Schein über die Baumspitzen, die sich unter der schweren Hand eines frischen, gelegentlichen Windes bogen.

Annie schauderte und steckte ihre Hände in die Taschen des Sweatshirts, das sie trug. Sie konnte das Gefühl nicht abschütteln, dass sie auf etwas zuging, das sie immer gebraucht, aber nie gekannt hatte. Sie versuchte, die seltsame, drängende Emotion beiseite zu schieben... immerhin waren Gefühle keine Tatsachen. Aber trotz ihrer besten Bemühungen blieb es bestehen. »Ich möchte diesen Moment nutzen, um eine Theorie zu unserem Fall vorzubringen«, sagte Ethan und durchbrach damit die Stille.

Annie wechselte die Laterne, die sie trug, in die andere Hand. »Ich bin immer offen dafür«, sagte sie.

»Vielleicht haben sie alle Russel getötet und locken uns in den Wald, weil wir die Nächsten sind.«

»Dann bin ich bereit, mein Schicksal zu akzeptieren«, lachte Annie. Es folgte eine lange Pause, während Ethan das verdaute.

»Du denkst nicht, dass das... ich meine, deine aktuelle Theorie ist nicht, dass dies eine unheimliche Art von Kommune ist und sie alle-«

»Nein.« Annie beruhigte ihn. »Meine aktuelle Theorie ist viel trauriger.«

»Ah«, sagte Ethan und beließ es dabei.

Die dichte Baumdecke begann sich zu lichten, als das Paar dem Pfad um eine Ecke folgte und sich plötzlich auf einer weiten, offenen Lichtung wiederfand.

Taubenetzes Gras bedeckte das Tal, ein weicher grüner Teppich, der sich zur Mitte der Senke hin absenkte, die zwischen Bergketten eingebettet war. Winzige Blumen in Gelb- und Lilatönen säumten den Rand der Lichtung, umrahmt von dem dichten Wald, aus dem Annie und Ethan gerade gekommen waren. In der Mitte von allem lag ein kristallklarer See ruhig und glatt da, dessen Wasser sich verdünnte, als es sich den Ufern näherte und dem Mond auf seinem Weg über den Himmel folgte.

»Keine schlechte Aussicht«, sagte Ethan, und ein leiser Pfiff entfuhr seinen Lippen, als hätte ihm die Szene selbst die Luft aus den Lungen gepresst.

»Überhaupt nicht schlecht«, antwortete Annie, ihre Stimme ein Flüstern, das in eine Kirche gehörte. Sie wusste, dass nichts, was sie sagen konnte, die Schönheit einfangen würde.

Das Paar stieg den grasbewachsenen Hügel hinab und näherte sich der Gruppe, die sie am Ufer erwartete. Tania stand an der Spitze der Versammlung und hielt eine unangezündete Laterne in der Hand. Neben ihr stand Guru Mett, gekleidet in eine weiße Robe. Daneben war Fleur, ihre Haare in Locken, der Wind zerzauste ihre goldenen Strähnen. Mark stand Tania gegenüber, Cord neben ihm - er winkte Annie und Ethan übereifrig zu - mit einem grimmig aussehenden Banks an ihrer Flanke.

Annie entging Banks' saurer Gesichtsausdruck nicht - es

war klar, dass er auch nicht hier sein wollte. Sie fragte sich nach seiner Geschichte und was ihn zur Kommune gebracht hatte. Sie nahm sich vor, ihn zu einem späteren Zeitpunkt zu interviewen. Er war zu spät zur Kommune gekommen, um Russel je kennengelernt zu haben. Trotzdem war er ein Rätsel, und Rätsel mussten gelöst werden.

»Willkommen«, sagte Tania und öffnete ihre Arme weit. »Willkommen zur Laternenzeremonie.« Sie bedeutete Annie und Ethan, sich ihr anzuschließen. Sie taten es, und die ganze Gruppe stand Ellbogen an Ellbogen, die Reihe von ihnen blickte auf den See hinaus.

»Unseren neuen Gästen«, sagte Tania und nickte Annie, Ethan und Banks zu, »schulden wir eine Erklärung. Seht ihr, wir haben euch unsere Regeln erklärt, aber nicht, warum sie existieren. Und in einer Gemeinschaft, die auf Gleichheit aufbaut, ist Transparenz der Schlüssel.« Tanias Augen wurden glasig, als sie auf das Wasser starrte, das Mondlicht färbte ihre Iris in einem vorsichtigen Braunton.

»Der Grund, warum wir hier in *Serenity Peaks* nicht über die Vergangenheit sprechen, ist nicht nur, weil wir glauben, dass es am besten ist, alles hinter sich zu lassen, oder weil unsere Mitglieder manchmal aus schwierigen Situationen kommen.« Tania blickte zu Fleur, die auf den Boden schaute. Annie nahm den Moment wahr und ließ sich den Austausch nicht entgehen. »Der Grund, warum wir nicht über die Vergangenheit sprechen«, fuhr Tania fort, »ist, dass wir glauben, dass die Gesellschaft die Regeln des Lebens völlig falsch versteht.«

Ethan stieß Annie mit dem Ellbogen an und zog die Augenbrauen hoch. *Siehst du*, schien sein Gesicht zu sagen. »Jetzt wird's seltsam«, flüsterte er. Annie unterdrückte ein Lachen, und Tania sah Ethan mit einem Schmunzeln an, das sagte, sie hätte ihn gehört.

»Das ist keine Kult-Rede, keine Sorge«, schüttelte Tania den Kopf in Ethans Richtung. »Es ist lediglich eine Erklärung, warum wir die Dinge tun, die wir tun. Wir lassen die Vergangenheit hinter uns, weil wir glauben, dass die Art, wie wir in der äußeren Welt gelebt haben, eigentlich nicht die Art war, wie Menschen existieren sollten. Als die Menschheit sich zuerst formte, lebten wir in kooperativen Dörfern in der Nähe von Familie und Freunden, und wir waren aufeinander angewiesen, um zu überleben. Jetzt sehen wir in ganz Amerika eine Epidemie der Einsamkeit. Um den Kapitalismus zu unterstützen, ziehen Menschen in winzige Wohnungen in großen Städten. Sie kennen ihre Nachbarn kaum. Sie sind süchtig nach Handys und Technologie und lassen soziale Medien und Chat-Foren den Platz echter menschlicher Interaktion einnehmen. Und wenn du in diesem brutalen Silo nicht überlebst - wenn du Schwierigkeiten hast, ohne Gemeinschaft und ein Dorf über Wasser zu bleiben - wenn du einer der Unglücklichen bist, die vergessen oder zurückgelassen werden - wirst du medikamentös behandelt, verlassen, hospitalisiert oder übersehen.« Tania zeigte über die Bergkette in Richtung der einzigen Straße, die zur Stadt führte. »Dort draußen, wenn du scheiterst, wird die Gesellschaft zulassen, dass du dein Ende findest.« Sie blickte nach links und rechts zu den Bewohnern von *Serenity Peaks*. »Aber hier werden wir nicht zulassen, dass irgendeine Person in unserem Stamm untergeht. Wir sind füreinander da, von Anfang bis Ende. Manchmal sind wir uns uneinig. Stimmt's, Guru Mett?«

»Ich habe so einige Streitigkeiten geschlichtet«, lächelte er. »Hatte letzte Woche selbst eine mit Mark über die Grenzen meines Gartens-«

»Deine Kletterpflanze erwürgt meine Gurken!«, rief Mark mit solchem Ernst aus, dass die ganze Gruppe nicht anders konnte, als zu lachen.

»Wir haben unsere Streitigkeiten«, fuhr Tania fort, »Aber wir unterstützen einander. Wir halten uns gegenseitig sicher. Wir erinnern uns daran, dass unser natürlicher Zustand ist, in

Gemeinschaft zu leben. Und während die Welt immer einsamer wird, kämpfen wir darum, einen Lebensstil aufrechtzuerhalten, der der Art und Weise entspricht, wie Menschen leben sollten. Dennoch verstehen wir, dass es schwierig sein kann, die Vergangenheit loszulassen.« Sie hob ihre Laterne als Beispiel. »Und hier kommt die Laternenzeremonie ins Spiel. Wir laden euch ein, etwas loszulassen, das ihr zurücklassen möchtet. Etwas, das ihr nicht mit euch tragen wollt, während ihr eure Reise in *Serenity Peaks* fortsetzt. Cord?«

Cord lächelte und griff in seine Tasche, zog ein Feuerzeug und einen Stapel Sharpies heraus. »Jeder nimmt einen«, sagte er, ging durch die Gruppe und bot jedem einen Marker an. »Schreibt etwas auf eure Laterne, das ihr loslassen wollt. Gemeinsam werden wir die Kerzen in der Mitte der Laternen anzünden und sie über dem See aufsteigen lassen.«

Eine Stille legte sich über die Gruppe, als sich alle ihren individuellen Aufgaben zuwandten. Annie und Ethan saßen als Paar, und Annie versuchte, den Rest der Gruppe nach Erkenntnissen abzusuchen. Fleur beugte sich über ihre Laterne und zeichnete eine Art Bild, das im Dunkeln schwer zu erkennen war. Tania und Guru Mett standen Schulter an Schulter und schrieben mit Leichtigkeit auf ihre Laternen. Cord versuchte, Banks eine Laterne anzubieten, der ablehnte.

»Versuch es einfach«, flüsterte Cord und schob die Laterne in Richtung Banks.

»Nein danke«, sagte Banks und schüttelte den Kopf. »Nichts für mich.«

»Du wirst sehen, es ist wirklich befreiend.«

»Hör mal, *Junge*«, sagte Banks mit gereiztem Tonfall. »Ich habe verdammt nochmal gesagt, ich will nicht-«

Es gab ein Tippen auf Banks' Schulter. Er drehte sich um und fand Fleur neben sich stehend. Sie starrte ihn einen Moment lang auf ihre stille, seltsame Art an, stellte sich dann auf die Zehenspitzen und flüsterte ihm etwas ins Ohr.

Er trat einen Schritt zurück, als hätte sie ihn geschlagen, seine Augen weit aufgerissen wie Untertassen. Er fuhr sich mit der Hand übers Gesicht und versuchte, etwas zu verarbeiten, das in diesem Moment zu groß für ihn war.

»Es stimmt«, sagte Fleur zu Banks. »Und Sie können es auch. Wenn Sie mutig genug sind.«

Dann verließ sie ihn und kehrte zu ihrer eigenen Laterne zurück. Banks taumelte, dann nahm er - langsam, als wären seine Hände nicht seine eigenen - einen Marker und eine Laterne von Cord entgegen, der sich davonschlich. Banks beugte sich über die Laterne und kritzelte etwas in winzigen, unleserlichen Buchstaben auf ihre Oberfläche.

Später, als die Gruppe fertig war, stellte Tania alle am Ufer des Sees auf. Cord zündete die Kerzen in den Laternen an, die Flammen flackerten in der Dunkelheit des Nachthimmels. Die Gruppe hielt ihre Laternen hoch und ließ sie gleichzeitig los, eine Handvoll Bedauern schwebte nach oben.

Annie beobachtete, wie die Laternen zum Mond hinaufschwebten und mit einer Kühnheit an Höhe gewannen, die sagte, dass sie dachten, sie würden für immer fliegen, glückselig unwissend, dass ihre Kerzen eines Tages erlöschen würden.

»Was hast du auf deine geschrieben?«, fragte Annie Ethan und war überrascht, dass ihre Stimme in ihrem Hals eng war und die Worte schwer herauskamen.

»Das FBI«, sagte er mit einem scharfen Unterton. Er nahm ihre Hand in seine. »Es ist vorbei für mich. Wir werden unseren eigenen Geheimdienst mit Leuten aufbauen müssen, denen wir vertrauen.« Er lächelte sie an und bemerkte, dass ihre Augen rot waren. »Was hast du draufgeschrieben, Annie?«

»Den Namen meines Bruders«, flüsterte sie. »Ich muss es loslassen. Ob ich seinen Mord aufkläre oder nicht. Ich muss ihn gehen lassen.«

Neben ihnen wandte sich Tania der Gruppe zu, mit dem

Rücken zum See. »Danke für euren Mut«, sagte sie lächelnd. »Es ist mir egal, was ihr alle auf eure Laternen geschrieben habt. Es ist mir sogar egal, ob es euch gelingt, die Vergangenheit hinter euch zu lassen. Das Einzige, was ich möchte, dass ihr von heute Abend mitnehmt, ist die einfache Erkenntnis -«, sie machte eine Pause, »- dass ihr nicht allein seid.«

Und - obwohl sie mit einer Absicht und für einen Job hier war - konnte Annie nicht umhin zu fühlen, dass sie durch den Besuch in *Serenity Peaks* vielleicht sogar etwas Besseres gefunden hatte.

# KAPITEL ZWEIUNDZWANZIG

BANKS

Als Banks nach der Laternenzeremonie in seine Hütte zurückkehrte, war er erleichtert, endlich allein zu sein. Er knallte die Tür des Bungalows mit einem dumpfen Schlag zu, sein Herz raste, während er im Zimmer auf und ab ging.

Seine Gedanken überschlugen sich und brachten ihn zurück zu dem Moment, als Fleur ihm ins Ohr geflüstert hatte.

Banks hatte gedacht, er wäre unsichtbar. Er war sich sicher gewesen, dass ihn hier niemand gesehen oder durchschaut hatte, was seine Aufgabe war. Und dann - aus dem Nichts - hatte dieses *Mädchen* die Dinge offengelegt, die er ernsthaft versucht hatte, geheim zu halten. Sie hatte nicht ihn angesehen, sondern *durch* ihn hindurch, ohne Angst vor dem Tod oder Vergeltung.

Banks setzte sich aufs Bett und nahm den Kopf in die Hände. Es verunsicherte ihn, dieses Mädchen zu sehen, das so bereit war, das Unaussprechliche auszusprechen. Fleurs Vorgehen war gewagt gewesen. Sie hatte sich selbst als Ziel markiert. Wie konnte sie dem Tod ins Gesicht sehen, ohne die geringste Spur von Angst? Ihre Tapferkeit ließ Banks sich klein fühlen. Und er hasste nichts mehr, als sich klein zu fühlen.

Wenn er nur ein Fünkchen ihres Mutes hätte, wäre er schon längst weg. Das Einzige, was ihn noch an seine Organisation - *Das Kollektiv* - band, war das Wissen, dass ein Ausstieg sicherlich zu seinem Tod führen würde. Sie hatten mehr Ressourcen als er. Mehr Geld. Einmal drin, war man lebenslang dabei.

Und doch hatte diese junge Frau ihm ins Gesicht gestarrt und sich vor nichts gefürchtet. Scham durchflutete Banks' Körper.

In diesem Moment vibrierte sein Handy. Banks holte es aus der Schublade des Nachttisches und prüfte die eingegangene Nachricht.

Sie war von seinem Arbeitgeber. Ein Bild von Annie und Ethan füllte den Bildschirm. Darunter standen einfache Anweisungen:

**Unbekannt**

Neue Befehle - Eliminieren.

Banks schluckte schwer und wünschte sich plötzlich, dass das, was Tania gesagt hatte, wahr wäre und dass ein Mensch wirklich die Vergangenheit hinter sich lassen *könnte*.

Aber natürlich stimmte das nicht. Und jetzt hatte die Vergangenheit Annie und Ethan eingeholt. Banks' Gedanken rasten, während er einen Plan zu schmieden begann. Er müsste es wie einen Unfall aussehen lassen. Zu viel war bereits in dieser beschaulichen, ruhigen Kommune passiert.

Er müsste sich beeilen.

# KAPITEL DREIUNDZWANZIG

ANNIE UND ETHAN hatten gerade erst die Tür zu ihrer Hütte geschlossen, als Annie ihren Pullover von einem Haken neben der Tür nahm und aus dem Fenster spähte, um sicherzugehen, dass die Luft rein war. Dann ging sie zur Haustür und griff nach dem Türknauf, bereit, wieder aufzubrechen.

»Was machst du da?«, rief Ethan aus. Er war froh, drinnen zu sein, weg von der kalten Nachtluft und den Erinnerungen, die das Aufsteigen der Laternen in ihm geweckt hatte. Er hatte bereits einen Fuß aus seiner Hose, als Annie nach der Tür griff.

»Ich hole natürlich die Laternen«, sagte Annie. Sie bemerkte Ethans überraschten Gesichtsausdruck. »Um zu sehen, was jeder darauf geschrieben hat«, erklärte sie. »Sie dürfen hier zwar nicht über die Vergangenheit sprechen, aber die Vergangenheit zu verstehen, könnte der Schlüssel sein, um herauszufinden, wer Russel getötet hat. Und was noch wichtiger ist, ich habe einige Vermutungen zu bestätigen.«

»Aber-«, stotterte Ethan und deutete auf die Keurig-Maschine in der Ecke. »Ich wollte gerade einen Tee machen und den Kamin anzünden und-«

Annie starrte ihn an, als wäre nichts von dem, was er sagte, im Geringsten relevant.

Ethan seufzte, da er erkannte, dass dies ein Kampf war, den er nicht gewinnen konnte. Er schüttelte den Kopf und steckte resigniert ein Bein zurück in seine Jeans. Er griff nach seinem eigenen Pullover und zog sicherheitshalber ein Paar Handschuhe an. Dann nahm er aus seiner Reisetasche ein Schweizer Taschenmesser und eine FBI-Standardtaschenlampe, die er für Notfälle bereithielt. Er schaltete die Lampe ein, bevor er sich vorbeugte, um Annie zu küssen. »Es ist gut, dass ich dich liebe«, sagte er.

Gemeinsam machten sie sich auf den Weg zurück in die dicke, dunkle Nacht, über ihnen ein Streudiagramm funkelnder Sterne. Die Stille umhüllte sie, als sie zum See zurückkehrten und schnell das vereiste Ufer erreichten. Sie starrten auf den spiegelglatten See hinaus und versuchten zu berechnen, in welche Richtung die Laternen geweht worden sein könnten.

»Wir müssen nach Norden«, sagte Annie und zeigte über das Wasser auf eine Baumgruppe in der Ferne. »Als wir die Laternen losließen, wehte der Wind in diese Richtung. Die Kerzen waren so klein - Teelichter. Sie wären schnell heruntergebrannt. Ich bezweifle, dass diese Laternen länger als zehn oder fünfzehn Minuten in der Luft geblieben sind.«

»Verstanden«, stimmte Ethan zu. Er folgte ihr um den Umfang des Sees, der glücklicherweise ein kleines Gewässer und kein riesiger Ozean war, den es zu überwinden galt. Nach einer kurzen Wanderung erreichten sie die Baumgruppe und drängten sich in das dichte Blattwerk, wobei Kiefernnadeln unter ihren Stiefeln knackten.

»Schau auch nach oben«, sagte Annie nachdenklich. »Die Bäume stehen eng genug beieinander, dass die Laternen wahrscheinlich in den Ästen gelandet sind.«

Ethan tat, wie sie sagte, und sie suchten sowohl den Boden zu ihren Füßen als auch die Äste über ihnen ab, wobei

Ethans Taschenlampe wie ein Leuchtfeuer in der Nacht einen ansonsten unsichtbaren schwarzen Wald erhellte.

»Warte«, sagte Annie und blieb stehen, als sie etwas am Boden entdeckte. Ethan richtete sein Licht in die Richtung ihrer Entdeckung, und Annie bückte sich, um die zerfetzten Überreste einer Papierlaterne zu finden. Einige Fetzen beigen Papiers lagen auf dem Boden, die Ränder versengt und zerstört.

»Wir haben eine gefunden, aber sie ist unbrauchbar«, sagte Annie und drehte das Papier um, um nach Schrift zu suchen, fand aber keine. »Entweder stand von Anfang an nichts darauf geschrieben, oder die Seite mit der Schrift wurde zerstört.«

»Sagt uns aber, dass wir in der richtigen Gegend sind«, meinte Ethan.

Sie setzten ihre Suche fort, ermutigt durch ihre jüngste Entdeckung. Auch wenn der Fund nicht ergiebig war, zeigte er Annie, dass sie auf dem richtigen Weg waren. Dann sah sie es - eine zerrissene Papierlaterne, die hoch in den Ästen eines Baumes hing und wie eine Fledermaus in einer Höhle vom Rand eines Astes baumelte.

»Kannst du sie erreichen?«, fragte sie Ethan, der sie entsetzt anstarrte.

»Das ist-« Er blickte nach oben und versuchte, die Entfernung abzuschätzen. »Wahrscheinlich sechs Meter hoch!«

»Aber du bist 1,80 Meter groß, also sind es wirklich nur etwa 4,20 Meter«, sagte Annie ermutigend.

Ethan konnte ihren Punkt nicht leugnen, also gab er ihr seine Taschenlampe und knackte mit den Knöcheln, bevor er sich zu einem tiefen Stretch zum Boden streckte. Er ging in einen Ausfallschritt, erst auf der einen, dann auf der anderen Seite. Annie beobachtete ihn geduldig. »Das ist super«, sagte sie nickend. »Dehnen ist wichtig.«

Nachdem er das Unvermeidliche ausreichend hinausgezögert hatte, trat Ethan auf den Baum zu und fand einen Halt in einem niedrigen Ast. Er stemmte sich nach oben und kletterte in Windeseile die verdrehten Äste hinauf. »Wie läuft's?«, rief Annie zu ihm hinauf.

»Genau wie als Kind!«, rief Ethan zu ihr hinunter, da er in Angesicht der Gefahr nicht schwach erscheinen wollte. Für einen Moment rutschte seine Hand ab, und er verfehlte fast einen Ast. Sein Leben zog an ihm vorbei - ein verworrenes Netz von Entscheidungen, einige gut und einige schlecht, einschließlich dieser hier -, bevor es ihm gelang, einen Griff an einem niedrigeren, schwächeren Ast zu finden. Er wischte sich die Stirn und holte tief Luft, bevor er den Aufstieg diesmal mit noch größerer Vorsicht fortsetzte.

Schließlich erreichte er die Laterne. Er streckte seinen Arm lang aus und zog sie vorsichtig aus den Ästen, um sie nicht weiter zu beschädigen. Sein Abstieg vom Baum war schnell und geschickt, und als er auf dem Boden landete, war er völlig erschöpft.

»Das war unglaublich!«, sagte Annie und nahm ihm die Laterne ab. Ethan lag auf dem Rücken am Waldboden und atmete so schwer aus, dass sein Atem in der Kälte der Nachtluft zu Dampf wurde. »Danke«, sagte er stolz. »Ich versuche, den Arm-Tag im Fitnessstudio nicht auszulassen.«

»Ich meinte unser Glück!«, antwortete Annie und hielt die Laterne hoch. »Sie ist in großartigem Zustand. Kaum zerrissen.« Trotz allem bemerkte Annie Ethans enttäuschten Gesichtsausdruck. Sie kniete sich neben ihn und legte eine Hand auf seine Brust. »Aber du«, sagte sie, »du warst schon vor dem Baumklettern unglaublich, und du bist es immer noch danach.« Sie küsste ihn mit einer tiefen, privaten Sehnsucht, und Ethan fühlte, dass er genau da war, wo er hingehörte. Annie hatte diese Wirkung auf ihn. Ob er nun in einer Küstenstadt oder in einer Kommune in den Bergen war, Annie ließ ihn sich zu Hause fühlen. »Weißt du, wem sie gehört?«, fragte Ethan und setzte sich auf, um den Schmutz von seiner Hose zu klopfen.

»In der Tat weiß ich das«, lächelte Annie. »Jede Laterne hatte eine andere Farbe. Fleurs war rosa. Meine war pastellblau. Diese hier ist grün.«

»Wem gehört sie?«, fragte Ethan.

»Banks«, lächelte Annie. »Eine sehr glückliche Entwicklung, wenn man bedenkt, dass er ein Rätsel ist, das ich schon lange lösen wollte.«

Ethan stand auf und schaute Annie über die Schulter, um einen besseren Blick auf die Laterne zu werfen. »Was steht drauf? Was will der geheimnisvolle Mr. Banks hinter sich lassen?«

Annie drehte die Laterne um und zeigte Ethan zwei einfache Worte, die in ungleichmäßiger Schrift geschrieben waren.

»Das Kollektiv«, las sie laut vor. »Hast du eine Ahnung, was das bedeutet?«

»Nur eine Vermutung«, sagte Annie. Sie hielt die Laterne vorsichtig, als sie sich umdrehte und den langen Rückweg zur Kommune antrat. Sie verlor sich in Gedanken, als sie aus der dichten Baumgruppe herauskamen und um den Rand des Sees gingen, der zurück ins Tal führte.

Plötzlich packte Ethans Arm die Rückseite ihres Pullovers und brachte sie zum Stehen. Wortlos legte er einen Finger auf die Lippen. Annie verstand den Hinweis und erstarrte, um zu lauschen. In der Ferne hallten Stimmen über die Baumwipfel hinweg. Jemand anderes ging nachts durch den Wald, was Annie und Ethan signalisierte:

Sie waren nicht allein.

Ethan schaltete seine Taschenlampe aus und tauchte sie in Dunkelheit. Gemeinsam duckten sich Annie und Ethan und bewegten sich vorsichtig auf die Eindringlinge zu, darauf bedacht, unter dem Deckmantel der Nacht verborgen zu bleiben.

# KAPITEL VIERUNDZWANZIG

MARK

Draußen im Wald zitterte Mark vor Kälte. Er starrte zu einer riesigen Kiefer hinauf und versuchte, sich etwas zu sagen. Vor ihm stand Fleur mit verschränkten Armen und einer Frage in ihren Augen.

Seit Mark nach *Serenity Peaks* gezogen war, hatte er gelernt, den Wald anders zu sehen - ihn als wohlmeinenden Freund zu verstehen, statt als weite, leere Wildnis voller Prüfungen. Trotzdem schaffte es der Wald in Momenten wie diesem irgendwie, imposant zu wirken. Obwohl Mark Umweltschützer war, hatte die Natur ihn schon immer erschreckt. Ihre rohe Kraft ließ ihn sich klein fühlen. Aber anders als die meisten Männer weckte Marks Ehrfurcht angesichts der Naturgewalten in ihm den Wunsch, die Erde zu schützen - nicht sie zu beherrschen.

Mark ließ seinen Blick wieder zu Fleur wandern und gab ihr die einzige Antwort, die er zustande brachte:

»Ich verstehe, dass du willst, dass ich tue, worum Russel mich gebeten hat, aber das ist zu viel.« Marks Stimme klang rau, sein Atem war in der kalten Nachtluft sichtbar. Er und Fleur standen inmitten der hohen Kiefern von *Serenity Peaks*, ihre Gestalten von Dunkelheit umhüllt. »Ich habe Russel Gefallen um Gefallen getan, aber irgendwo muss ich eine Grenze ziehen. Er hat mir keine Erklärung gegeben, warum-«

»Weil er es *nicht konnte*!«, rief Fleur aus und stampfte mit dem Fuß auf die kalte, nasse Erde. »Es würde dich nur in größere Gefahr bringen-«

»Siehst du, genau das ist es«, schüttelte Mark den Kopf. »Ich weiß nicht, in welcher Gefahr ich schwebe. Ich weiß nicht, wofür ich kämpfe. Ich soll einfach dem Wort eines Mannes vertrauen-«

»Er hat dir vertraut«, flüsterte Fleur eindringlich, ihr goldenes Haar ein gedämpfter Heiligenschein im Mondlicht. »Er hat diesen Plan nicht für irgendjemanden hinterlassen. Er hat ihn dir hinterlassen. Und er hat ihn mir hinterlassen.«

Mark rutschte unbehaglich hin und her, seine wettergegerbten Hände zu Fäusten geballt. »Ich habe eine Karte in meinem Auto gefunden.« Er machte eine Pause und versuchte, Fleurs Reaktion zu lesen. Sie hob eine einzelne Augenbraue. Es war eine subtile Bestätigung, aber genug, um zu zeigen, dass sie so etwas erwartet hatte. »Du wusstest es also? Du wusstest, dass sie da war?«

»Er hat mir nicht den ganzen Plan erzählt«, räumte Fleur ein, ihre Stimme beherrscht. »Er hat *niemandem* den ganzen Plan erzählt-«

»Aber du wusstest von der Karte.«

»Ich wusste, dass er etwas für dich im Truck hinterlassen hat«, bestätigte Fleur. »Ich glaube, er hat es mir gesagt, weil er besorgt war, du würdest es nicht durchziehen, und es stellt sich heraus, dass er Recht hatte.«

»Nun, es spielt keine Rolle mehr, weil die Karte zerstört wurde«, sagte Mark. Fleur keuchte auf und legte eine Hand an ihren Mund. »Genau«, nickte Mark. »Also siehst du jetzt die Gefahr hier? Wovor auch immer er weggelaufen ist, es ist jetzt hier, in *Serenity Peaks*. Ich könnte diese Leute in ein Schlamassel schicken, wenn ich tue, worum Russel mich gebeten hat, und ihnen das Auto plus die Karte gebe-« Seine Stimme war vor Frustration angespannt, als er versuchte, das Gewicht seiner Entdeckung zu artikulieren. »Wenn ich gewusst hätte-«

»Was gewusst?«, durchschnitten ihre Worte sein Zögern wie ein Messer. »Dass er uns in etwas so Großes verwickeln würde? Du hättest nicht zugestimmt?«

Mark atmete aus. Zu versuchen, Fleur die Situation durch die Augen eines Erwachsenen sehen zu lassen statt durch die eines Kindes, war schwierig. »Fleur, worum Russel gebeten hat - das ist nicht fair - weder uns gegenüber noch Annie und Ethan. Sie sind gute Detektive. Wahrscheinlich gute Menschen. Sie haben es nicht verdient, in... in was auch immer das ist verwickelt zu werden, ohne auch nur eine Erklärung.«

»Fairness hat mich schon vor langer Zeit aus den Augen verloren. Und als er starb, wurde mir klar, dass es sie nie gegeben hat«, konterte Fleur und trat näher. Ihre Augen, normalerweise ruhige Teiche, brannten vor Feuer. »Wir sind ihm das *schuldig*.«

Mark trat einen Schritt von ihr zurück und schüttelte den Kopf. »Aber zu welchem Preis, Fleur? Zu welchem Preis?«

»Fair ist es, ein Versprechen zu halten«, beharrte Fleur, ihre Stimme kaum mehr als ein Flüstern. Der Wald um sie herum schien den Atem anzuhalten. Ihre Augen glänzten im spärlichen Mondlicht, silberne Spuren ungeweinter Tränen drohten auszubrechen.

Marks Blick verweilte auf ihrem Gesicht, zarter Kummer in ihre Züge gemeißelt. Sie sah so kindlich aus. So jung. Er erinnerte sich, als er selbst so gewesen war. Jugendliche Leidenschaft. Naives Vertrauen - das hatte ihn dazu gebracht, die Umwelt mit den falschen Mitteln zu schützen. »Russel ist nicht hier, um darüber zu streiten«, erwiderte Mark, seine eigene Stimme belastet mit dem Gewicht unausgesprochener Worte. »Also müssen du und ich jetzt, heute Nacht, die beste Entscheidung treffen, die wir können. Aber wir müssen nicht einer Meinung sein. Wir können jeweils das tun, was wir für richtig halten.«

»Nein, müssen wir nicht«, eine Träne durchbrach Fleurs Verteidigung und lief ihre Wange hinunter. »Wir müssen nicht einer Meinung sein. Aber ich kann dir sagen - ich habe ihm auch ein Versprechen gegeben. Ich habe auf den richtigen Moment gewartet und...« Sie atmete tief durch und wappnete sich gegen den Aufruhr in ihrem Inneren. »Es ist Zeit. Die Detektive müssen alles wissen. Ich werde ihnen *alles* erzählen.«

Die Enthüllung hing schwer zwischen ihnen, eine greifbare Präsenz in der Nachtluft. Marks Gedanken überschlugen sich, Bilder von Russel - hart und doch zärtlich, über seine Jahre hinaus gealtert - blitzten vor ihm auf.

»Wenn das ist, was Russel wollte, dass du tust, dann tu es«, sagte Mark und nickte. »Ich muss glauben, dass er dich nicht gebeten hätte, dich in Gefahr zu bringen. Du hast ihm so viel bedeutet. Und er bedeutete mir die Welt.«

»Er bedeutete dir mehr als ein Freund«, bemerkte Fleur und begegnete seinem Blick direkt. »Er würde nie sagen-«

Mark zögerte, ein Anflug von Verletzlichkeit huschte über seine rauen Züge. Die Stille dehnte sich, gespannt wie eine Bogensehne, bevor er nickte und die Wahrheit eingestand. »Ja. Russel bedeutete mir mehr als ein Freund.« Seine Stimme brach, als er die Wahrheit eingestand.

Ein leiser Seufzer entfuhr Fleur, und sie trat näher, ihre Präsenz ein Balsam für sein unruhiges Herz. »Ich bin froh, dass du es mir gesagt hast«, murmelte sie, und trotz der Kälte erblühte Wärme zwischen ihnen. »Allein zu trauern... ist unerträglich. Papa würde nie sagen, ob es mehr als Freundschaft war. Ich weiß nicht warum.«

»Ich glaube, er hatte das Gefühl, dir schon genug zugemutet zu haben«, antwortete Mark und erinnerte sich an die langen Gespräche, die er mit Russel spät in der Nacht vor einem prasselnden Kamin geführt hatte. Russel hatte ihm erzählt, dass Fleur seine Tochter war, und ihn zur Verschwiegenheit verpflichtet.

»Was hat er dir darüber erzählt, woher wir kamen?«

»Sehr wenig«, antwortete Mark. »Nur, dass es schlimm war. Und gefährlich. Und größer, als ich es je verstehen könnte. Es hat Monate gedauert, bis er mir genug vertraute, um mir zu sagen, dass du seine Tochter bist. Ich glaube, er hat es nur getan, weil er wollte, dass jemand auf dich aufpasst, falls ihm etwas zustoßen sollte.«

Fleur stand still im Mondlicht und wollte glauben, was Mark gesagt hatte. Der Wind peitschte um die Kiefern, und Fleur dachte über das Wesen der Familie nach – was es bedeutete, eine aus verschiedenen Menschen ohne genetische Verbindung zu schaffen. Sie fragte sich, ob eine Verbindung durch Liebe genauso stark war wie eine genetische Verbindung.

»Ich bin jetzt allein«, schluckte Fleur ängstlich.

»Nein, bist du nicht«, sagte Mark und trat auf sie zu. »Das ist die Bedeutung von *Serenity Peaks*. Du bist Teil einer Gemeinschaft. Du bist nicht allein.«

»Ich *fühle* mich allein, das wollte ich sagen«, antwortete Fleur. »Ich wünschte, alle wüssten es. Sie würden es verstehen, wenn sie wüssten, dass unsere Verbindung zu ihm anders war als ihre – Sie wären für uns da. Ich hasse diese Regel. Dass wir nicht über die Vergangenheit sprechen.«

Marks Bewegungen waren bedacht, als er die Distanz überbrückte, die die Trauer zwischen ihnen geschaffen hatte. Er schlang seine Arme um Fleur, eine Geste, die in der Stille des Waldes Bände sprach. Seine Hände waren ruhig und sicher, ein Kontrast zu dem Zittern in seiner Stimme, als er sie an sich zog, genauso wie ihr Vater es früher getan hatte.

»Du bist nicht allein«, flüsterte er in ihr Haar, die Strähnen verfingen sich in seinem Stoppelbart.

Fleurs Körper entspannte sich in der Umarmung, ihr

Atem stockte leicht. »Wie kannst du dir so sicher sein?«, fragte sie ihn.

Mark zog sich gerade weit genug zurück, um sie anzusehen, seine Augen fest auf ihr Gesicht gerichtet, die Hände fest auf ihren Schultern, als wolle er sie an der Erde festhalten. »Weil ich deinem Vater versprochen habe, dass ich mich um dich kümmern würde, falls ihm etwas zustoßen sollte«, sagte er, jedes Wort betont mit einer Schwere, die sie beide an Ort und Stelle zu verankern schien. »Und *das* ist ein Versprechen, das ich immer halten werde.«

Fleur brach in Tränen aus und lehnte sich erneut an Marks Schulter. Er tat sein Bestes, um sie im Mondlicht zu beruhigen, und dachte darüber nach, wie er unter keinen Umständen zulassen könnte, dass dem zerbrechlichen, charmanten Nachwuchs des Mannes, den er einst so tief geliebt hatte, etwas zustieße.

Mark war so aufmerksam – so besorgt, so *fokussiert* – auf Fleur, dass er die beiden menschlichen Gestalten nicht bemerkte, die sich hinter einem Busch zurückzogen, ihre Umrisse kaum sichtbar in der Dunkelheit. Es waren die Detektive – Annie und Ethan –, die sich auf den Weg zurück zum Lager machten, nachdem sie absolut alles gehört hatten.

# KAPITEL FÜNFUNDZWANZIG



Die Balken der Hütte ächzten. Fleur saß auf dem Bett und zog ihre Stiefel aus, wobei sie den Schlamm betrachtete, der sich in den Rillen der Sohlen festgesetzt hatte. Ihr Gespräch mit Mark hatte sie aufgewühlt. Es gab so viel Kummer zu verarbeiten. So viel, was noch vor ihr lag.

Fleur hatte sich kaum auf ihrer alten, knarrenden Matratze niedergelassen, als es klopfte – scharf und unerwartet. Sie versteifte sich, ihr Herz begann schneller zu schlagen.

»Mark?« Ihre Stimme war ein Flüstern, das sich in der Weite der Nacht verlor.

»Ich bin's, Annie«, kam eine sanfte Stimme von der anderen Seite der Tür. »Und Ethan. Ich weiß, es ist spät. Ich hoffe, du machst trotzdem auf.«

Fleur erhob sich wie in Trance vom Bett. Sie durchquerte den Raum, ihre Finger streiften das kühle Metall des Türknaufs, bevor sie die Tür öffnete. Annie und Ethan standen auf der kleinen Veranda ihrer Hütte, ihre Gesichtszüge von Entschlossenheit geprägt.

»Ich wusste, dass ihr zurückkommen würdet. Aber jetzt?«, sagte Fleur.

»Wir haben dich im Wald gehört«, sagte Annie ehrlich. »Wie du mit Mark gesprochen hast.«

»Ihr habt mich verfolgt?«

»Wir haben nach Laternen gesucht«, erklärte Ethan und hielt die Laterne hoch, die er früher geholt hatte. »Du warst zufällig da.«

»Ein glücklicher Zufall«, sagte Fleur skeptisch.

»Russel war dein Vater«, sagte Annie und bot eine Aussage statt einer Frage an. »Ich muss wissen, was du über das Koll-«

»Pssst!« Fleurs Hand schoss nach oben und durchschnitt Annies Worte. Ihre Augen weiteten sich vor Angst. Sie wagte einen Blick um sich herum. »Sag es nicht. Nicht hier.«

»Natürlich«, stimmte Annie zu, obwohl – sie hatte keine Angst. Es war ihr egal, ob das Kollektiv wusste, wer sie war. Annie wollte nur die Wahrheit.

»Drinnen ist es sicherer«, Fleur trat zur Seite und bat sie mit einer Geste in die Wärme ihres Zuhauses.

Die Tür schloss sich hinter ihnen mit einem entschiedenen Klicken und sperrte die Nacht aus. In der Stille der kleinen Hütte nahmen Annie und Ethan an einem abgenutzten Couchtisch Platz. Fleur setzte sich ihnen gegenüber aufs Bett und zog ihr Skizzenbuch darunter hervor. Ihre Finger zitterten, als sie über die Kanten strichen und über Seiten fuhren, die mit den Tintenflecken gefüllt waren, die ihr Leben bisher definiert hatten. Sie setzte sich im Schneidersitz aufs Bett, während sie es aufschlug. Annie und Ethan saßen angespannt auf der Kante verschiedener Stühle.

»Ihr habt gesagt, er hat meinen Namen auf das Pictionary-Spiel geschrieben, damit ihr es findet?«, fragte Fleur. Annie und Ethan nickten zustimmend. »Das liegt daran, dass er wollte, dass ich meine Zeichnungen benutze, um euch die Wahrheit zu erzählen. Alles begann hier«, murmelte Fleur, ihre leise Stimme trug eine Schwere, die die kleine Hütte zu füllen schien. Sie drehte das Skizzenbuch zu ihnen und enthüllte die Zeichnung eines jungen Mannes mit hoffnungs-vollen Augen. Eine Kapuze bedeckte sein Gesicht, sein Kinn war von Stoppeln bedeckt.

»Russel«, sagte sie mit einer Ehrfurcht, die sowohl Heiligen als auch Sündern vorbehalten ist. »Mein Dad. So wie er es erzählt, war er damals verloren. Brilliant. Aber ein Fehler brandmarkte ihn. Er hatte einen Abschluss von einer Eliteuniversität, aber eine Anklage wegen Drogenbesitzes hinderte ihn daran, damit etwas Sinnvolles anzufangen. Dann fand er *sie*, und sie gaben ihm einen Sinn. Sie hießen ihn in ihrer Gruppe willkommen. Besorgten ihm sogar einen Tarn-posten bei der CIA. Sie ließen ihn fühlen, dass er dazugehörte.«

Annie beugte sich vor, ihre scharfen Augen nahmen jede Linie, jeden Schattenton auf, aus denen sich das Bild von Russel zusammensetzte. »Das Kollektiv gab ihm einen Zweck.«

»Genau.« Fleur nickte, ihr Blick fiel auf die nächste Seite, als sie umblätterte. »Einen Platz für seine Talente, als die Gesellschaft ihm sagte, er hätte nichts zu bieten.«

Ethans Kiefer spannte sich an, die Muskeln in seinem Nacken waren angespannt. »Sie machen Jagd auf verwund-bare Menschen.«

»Immer«, bestätigte Fleur, ihre Stimme kaum lauter als ein Flüstern.

Das Skizzenbuch raschelte leise, als eine weitere Seite umgeblättert wurde. Fleur hielt bei einer Skizze eines Babys in den Armen einer Frau inne. Ihr eigenes unschuldiges, unwissendes Gesicht starrte ihnen vom Papier entgegen, in Kohleschattierungen eingefangen.

»Ich«, sagte sie, ihr Finger schwebte über den skizzierten Umrissen des Säuglings. »Und meine Mutter. Sie hatte Probleme, die sie davon abhielten, für mich da zu sein. Sie hat meinem Dad auch nicht gesagt, dass sie mit mir schwanger war. Er war nur mit ihr zusammen, weil er dazugehören wollte. Das ergibt jetzt mehr Sinn als je zuvor«, sagte Fleur und dachte an Mark und das, was er ihr über die Natur seiner Beziehung zu Russel offenbart hatte. »Also konnten meine beiden Eltern nicht viel mit mir anfangen. Und ich wurde einfach von verschiedenen Leuten in der Gruppe großgezogen.«

»Aufgezogen vom Kollektiv...« Ethans Stimme verlor sich, die Implikationen hingen schwer in der Luft.

»Von einem Mitglied zum anderen weitergereicht. Nie jemandem wirklich zugehörig, aber immer beobachtend.« Fleurs Augen hatten einen fernen Glanz, als ob sie in eine Vergangenheit blickte, die sich weigerte, begraben zu bleiben. »Das Schlechte daran war, dass sie nicht alle nett waren. Die *meisten* waren es nicht. Das Gute daran ist, dass ich gelernt habe, wie sie vorgehen. Ich weiß mehr als das durchschnittliche Mitglied, weil ich so viele verschiedene Leute in der Gruppe bei ihren Geschäften beobachtet habe.«

»Dein Dad – wann hat er erfahren, dass er ein Kind hat?«, fragte Annie.

»Erst viel später.« Fleur blätterte um und enthüllte eine markante Skizze: ein Teenager-Mädchen, durchnässt von unerbittlichem Regen, stand neben einem Mann. Die Gasse, in der sie sich befanden, war dunkel, bis auf den diffusen Schein einer flackernden Straßenlaterne. »Ich war fünfzehn«, flüsterte sie und fuhr die Umrisse der skizzierten Figuren nach. »Da hat er mich gefunden.«

Annie lehnte sich vor, ihr Blick auf die Zeichnung fixiert. »Russel?«

»Für mich hat die Begegnung mit Russel – meinem Dad – alles verändert.« Fleurs Finger verharrten über dem gezeichneten Gesicht des Teenagers. »Er half mir zu fliehen.«

»Aus dem Kollektiv?«, fragte Ethan, seine Stimme leise und drängend.

»Er hatte schon lange Zweifel. Er dachte selbst daran, auszusteigen, aber nicht bevor er etwas finden konnte, das sie ein für alle Mal ruinieren würde. Und dann – als er von mir erfuhr – wollte er uns beide rausholen.«

»Wohin seid ihr gegangen?«

»*Serenity Peaks*«, Fleurs Lippen verzogen sich zu einem Lächeln, als sie auf den Raum deutete. »Ein Neuanfang. Dad dachte, ich würde in einer Kommune gut zurechtkommen, weil ich in einer Gruppe aufgewachsen bin. Er machte sich Sorgen, dass ich in der Außenwelt nicht funktionieren würde, und er dachte, *Serenity Peaks* wäre ein sicherer Ort. Er nahm sich viel Zeit, Tania zu interviewen und im Geheimen darüber zu lernen. Aber wir konnten nicht alle wissen lassen, dass wir verwandt waren. Er sagte, das Kollektiv würde nach einem Vater und einer Tochter auf der Flucht suchen. Also wurden wir in den Augen der Gruppe zu Fremden.«

»Schutz durch Anonymität.« Annie nickte, Verständnis blitzte in ihren scharfen Augen auf.

»Genau.« Fleurs Stimme war ein gedämpftes Geständnis. »Wir kamen getrennt an. Papa überwies das Geld von zwei verschiedenen Konten. Ich kam zuerst hier an, und er tauchte ein paar Tage später auf. Soweit ich weiß, hat hier niemand je etwas herausgefunden. Es mag extrem erscheinen, aber man muss verstehen, dass Das Kollektiv nicht nur aus Schlägern und Dieben besteht. Es ist ein Netzwerk. Sie sind überall und sie sind mächtig.«

»Regierung?«, fragte Annie, ihr Ton schnitt durch die aufgeladene Luft.

»Unter anderem. Du kannst dir nicht vorstellen, wie weit ihr Einfluss reicht. Sie konnten Papa einen Job bei der CIA verschaffen, weil ein anderes Mitglied dort arbeitete. Diese Verbindung brachte ihn rein, was ihnen nur erlaubte, ihren Einfluss zu vertiefen. So machen sie es. Person für Person graben sie sich wie Zecken in unsere wichtigsten Organisationen ein.« Fleur blinzelte, und die blaugrünen Tiefen ihrer Iris schimmerten mit einer Intensität, die im Widerspruch zu ihrem zarten Gesicht zu stehen schien. »Drogen, Menschen, Geheimnisse – sie handeln mit allem.«

Annies Hand ballte sich zur Faust, ein Zeichen ihrer steigenden Wut – oder Entschlossenheit. »Wir werden sie finden.«

»Sie sind näher, als du denkst«, erwiderte Fleur. »Was sie meinem Papa angetan haben, beweist das – « ihre Stimme stockte, als sie Tränen zurückhielt. »Sie kamen für ihn, und als Nächstes holen sie mich. Es ist mir egal. Wenn sie mich schnappen, ist das in Ordnung. Ich bin so müde vom Weglaufen. Vielleicht sogar müde davon, überhaupt auf der Welt zu sein«, ließ Fleur die Worte wie Gift von ihren Lippen fallen. Sie hatte es lange genug gedacht. Es auszusprechen fühlte sich nicht viel schlimmer an.

Annie streckte die Hand aus und legte sie auf Fleurs Knie. »Ich weiß, wie sich das anfühlt«, flüsterte Annie. »Aber dein Papa würde wollen, dass du kämpfst. Dass du lebst.«

»Du weißt gar nichts«, wich Fleur vor ihrer Berührung zurück.

»Jemand hat meinen Bruder getötet«, sagte Annie leise. »Er war kurz davor, sein erstes Haus zu kaufen. Und Ethans Schwester half ihm dabei. Es war ihr erster Job als Immobilienmaklerin. Sie wird seit über einem Jahrzehnt vermisst. Sie wurden von einem Wiederholungstäter ermordet. Einem Killer, den die Presse den Immobilien-Ripper nannte. Und offenbar hat er Verbindungen zum Kollektiv.«

»Und wenn unsere letzte Quelle Recht hatte«, sagte Ethan mit leiser Stimme, »... zu deinem Vater. Deshalb sind wir hier. Unsere Beweise deuteten darauf hin, dass Russel Grey der Immobilien-Ripper war.«

»Unmöglich«, flüsterte Fleur, die Verneinung schnell und heftig. »Mein Vater war kein Mörder.« Ihre Augen huschten trotzig zwischen ihnen hin und her. »Aber es ist möglich, dass er –«

»Was?«, fragte Ethan.

»Es ist möglich, dass er mit dem Immobilien-Ripper zusammengearbeitet hat.«

»Erkläre«, verlangte Annie, ihre Haltung vor Dringlichkeit angespannt.

»Gewalttätige Menschen? Sie finden ein Zuhause im Kollektiv«, begann Fleur und griff wieder nach ihrem Skizzenbuch. Ihre Hand zitterte leicht, als sie die Seiten umblätterte und eine Skizze einer Gruppe schattenhafter Gestalten vor einem Haus enthüllte. »Euer Immobilien-Ripper ist wahrscheinlich einer von ihnen. Als ich als Kind zwischen verschiedenen Mitgliedern der Gruppe hin und her zog, wohnten sie manchmal in leerstehenden Häusern, die zum Verkauf standen. Sie nutzten diese Häuser für alles. Postadressen für gefälschte Dokumente, sichere Häuser, Menschenhandel. Die Besitzer wussten nichts davon, oder wenn doch, wurden sie zum Schweigen gebracht.«

»Vielleicht sieht unser Typ es als Spiel«, murmelte Ethan und rieb sich die Nasenwurzel, als wolle er Kopfschmerzen abwehren oder Schlimmeres – die Wahrheit. Er blickte Annie an, Schmerz in seinen Augen. »Er arbeitet tagsüber für das Kollektiv in diesen sicheren Häusern und tötet dann opportunistisch, wenn sich die Gelegenheit ergibt.«

»Versteh«, sagte Fleur und sah Annie direkt in die Augen, »das Kollektiv zieht die psychopathischsten, schrecklichsten Menschen der Welt an. Die Gruppe sucht sie aktiv.«

»Es ist möglich, dass er ihre Ressourcen nutzte, um Opfer zu finden«, stimmte Ethan nickend zu. »Aber er tötete für seine eigene –«

»Befriedigung?«, schluckte Annie schwer. Das Profil, das sie zu erstellen begannen, passte zusammen. Und es passte sicherlich nicht zu Russel Grey.

»Mein Papa war entschlossen, das Kollektiv auf jede mögliche Weise zu zerschlagen. Um zu sühnen.« Fleurs Blick huschte zu Annie, suchend, fragend. »Bevor er starb, sagte er mir, dass ihr kommen würdet. Er meinte, ich sollte euch vertrauen.« Sie schluckte hart, eine Träne lief ihre Wange hinunter. »Aber wie kann ich irgendjemandem vertrauen?«

Annies Antwort kam schnell und durchschnitt die Spannung. »Wir können vollenden, was er begonnen hat. Wir können es zusammen tun.«

»Mein Papa hatte einen Plan«, sagte Fleur, schloss das Skizzenbuch und drückte es fest an ihre Brust. »Aber er hat nie alles geteilt. Nur Teile, mit ein paar vertrauenswürdigen Personen.« Sie traf wieder Annies Blick, weitere Tränen liefen über ihr Gesicht. »Das ist mein Teil – er bat mich, euch zu erzählen, was ich über das Kollektiv weiß. Ehrlich zu euch zu sein. Zu vertrauen. Er sagte... eines Tages, wenn ich das täte, würde alles Sinn ergeben.«

Annie beugte sich vor. »Fleur. Russel hat uns die Teile eines Puzzles zum Lösen hinterlassen. Ich glaube – ich glaube, dein Papa wusste, dass jemand ihm auf der Spur war. Und er wollte, dass niemand außer Ethan und mir alles zusammenfügt. Er hat jedem Mitglied der Kommune ein Brettspiel als Hinweis zugeordnet.«

»Deshalb war ich Pictionary«, sagte Fleur verstehend. »Und Mark. Hatte sein Spiel etwas mit einem Auto zu tun?«

»Hot Wheels«, lächelte Annie.

Trotz allem konnte Fleur nicht anders als zu grinsen. »Ich wusste, dass er Mark nach dem Truck gefragt hat«, schnalzte sie mit der Zunge. »Aber die Spiele... *natürlich* würde er alles hinter den Spielen verstecken.«

Annie seufzte, ihre Stimme plötzlich schwer. »Fleur, ich verspreche dir... wir werden der Sache auf den Grund gehen. Du hast mein Wort.«

Fleur zögerte und suchte in Annies Gesicht nach etwas, woran sie glauben konnte. Wenn sie es fand, sagte sie es nicht. Stattdessen nickte sie kurz und knapp. »Danke«, flüsterte sie, ihre Stimme jetzt stetiger. Sie griff in ihr Skizzenbuch, blätterte durch die Seiten, bevor sie bei einer einzelnen Skizze innehielt. Ein Reißgeräusch hallte durch die Hütte, als sie es ohne Furcht aus dem Buch riss. Sie reichte es Annie, die das Bild dort betrachtete:

Ein Mann – Russel – der lachend vor einem Brettspiel sitzt.

»Du kannst das haben«, sagte Fleur.

»Wir könnten nicht –«, begann Ethan zu sagen, bevor Fleur ihn unterbrach.

»Nimm es«, bestand Fleur darauf. »Ich möchte, dass ihr euch daran erinnert, wer das alles möglich gemacht hat, wenn ihr sie ausschaltet. Das Kollektiv, meine ich.«

»Nun, unser Fokus liegt darauf, den Immobilien-Ripper zu finden«, warnte Ethan und hob eine Hand. »Ich weiß nicht, ob wir darauf vorbereitet sind –«

»Wir nehmen es«, sagte Annie feierlich. »Und wir werden dich nicht enttäuschen. Das ist ein Versprechen.«

Als die Detektive sich zum Gehen wandten, fühlte sich Fleur weniger einsam, als sie es seit Tagen gewesen war. Sie schloss leise die Tür hinter ihnen und dachte darüber nach, woher sie gekommen war und was vor ihr lag. Sie warf einen Blick auf die Zeichnungen, die die Wände ihrer Kabine schmückten. Auf so vielen von ihnen war Russel zu sehen. Fleur ließ sich auf ihr Bett fallen und hoffte – betete sogar –, dass ihr Vater gewusst hatte, was er tat, als er beschloss, diesen beiden Detektiven zu vertrauen.

# KAPITEL SECHSUNDZWANZIG

MARK

Es war mitten in der Nacht, und Mark träumte. Es war die Art von Albtraum, die einen Mann sein Leben in einer Schleife wiedererleben ließ. Im Traum lehnte er an einem hohen Gebäude, einen weißen Umschlag in der Hand. Er wusste - ohne ihn zu sehen -, dass der Umschlag Verheerung in Form von weißem Pulver enthielt. Ein chemisches Nervengift. Alles, was er tun musste, war, es an das Unternehmen zu liefern, das in dem glänzenden, schrecklichen Wolkenkratzer residierte, an den er sich gerade lehnte, und die Tat wäre vollbracht. Aber im Traum bewegten sich seine Beine nicht. Sie klebten am Bürgersteig fest, steckten fest. In diesem Moment wurde ihm klar, dass seine einzige Wahl darin bestand, das Pulver an sich selbst zu verwenden.

Ein Klopfen durchbrach die Stille der Nacht. Marks Augen öffneten sich schlagartig, sein Herz hämmerte gegen seine Rippen wie ein gefangener Vogel. Kam das Klopfen aus seinem Traum?

Eine zweite Serie dringender Klopfgeräusche drang von der Haustür herein und machte deutlich, dass Mark wieder in der realen Welt war. Er rollte aus dem Bett, die Kälte der

Holzdielen sickerte durch seine Socken. Das Klopfen ertönte erneut, dringend. Angst kroch in seinem Bauch hoch. Niemand, der so begierig darauf war, ihn zu sehen, wollte je etwas anderes als Ärger.

Er schlurfte zur Kochnische und griff nach einem Messer aus einem Messerblock am Rand der Theke. Das vertraute Gewicht der Klinge war ein kleiner Trost. Als er das Messer umklammerte, hallte ein weiteres Klopfen wider, noch eindringlicher. Mark näherte sich der Tür, jeder Schritt schwer vor Furcht.

»Wer ist da?« Seine Stimme war rau, heiser vom Schlaf.

»Detektivin Annie Hudson und Agent Ethan Beckett.«

*Was für ein paar Arschlöcher, so spät vorbeizukommen.* Trotzdem schob Mark das Messer in die vordere Tasche seiner Jogginghose und öffnete die Tür. Das Verandalicht warf lange Schatten hinter Annie und Ethan, ihre Gesichter von Entschlossenheit gezeichnet.

»Mark.« Annies Blick huschte zu dem Messer in seiner Tasche und dann zurück zu seinen Augen. »Wozu die Bewaffnung?«

»Späte Besucher bringen Ärger«, sagte Mark. »Was wollt ihr?«

»Russels Truck«, antwortete Annie, ihre Worte schnitten durch die kühle Luft.

Mark nahm die Bitte auf, sein Gesicht verdüsterte sich. Sein Gespräch mit Fleur früher am Abend ging ihm durch den Kopf. Er dachte an ihre weit aufgerissenen Augen, die schockierte Traurigkeit darüber, dass er Russels Bitten nicht wörtlich befolgen würde. Und der Truck. Der Truck, der nie wirklich ihm gehörte.

Marks Seufzer war eine weiße Wolke, die sich in die Nacht auflöste. Er nickte einmal, resigniert. »Lasst uns den Truck ansehen.«

Sie zogen durch das schlafende Herz der Kommune, Mondlicht warf silberne Pfade über das Gelände. Annie und

Ethan fielen hinter Mark in den Schritt, der mit einer gebeugten Haltung voranging, die sagte, dass er zu seiner eigenen Hinrichtung ging.

Er hielt bei einer wuchtigen Form an, deren Silhouette sich unter den Sternen deutlich abzeichnete. »Hier ist sie«, murmelte er und klopfte auf die Seite des Trucks. Das einst unscheinbare Chassis glänzte nun mit einem Schimmer weißer, umweltfreundlicher Farbe, der Motor so modifiziert, dass er Maisöl wie feinen Wein schlürfte.

»Russels Geschenk«, sagte Mark mit leiser Stimme. Er schloss die Tür auf, das Quietschen durchbrach den nächtlichen Chor. »Und meine Wiedergeburt.«

Annies Augen verengten sich. »Wiedergeburt?«

»Das Gefängnis verändert einen«, gab er zu. Eine Hand fuhr über das recycelte Armaturenbrett. »Russel und ich hatten beide einige Zeit abgesessen, wenn auch aus verschiedenen Gründen. In meiner Jugend war ich ein Umweltaktivist, der dachte, der einzige Weg, umweltverschmutzenden Unternehmen eine Lektion zu erteilen, wäre gewalttätiges Handeln. Anthrax«, sagte er und beantwortete die Frage in Annies Augen. »Ich lieferte es an ein Öl- und Gasunternehmen. Niemand wurde verletzt«, sagte er schnell. »Sie entdeckten es, bevor es konnte - Sie wissen schon.« Er blickte beschämt nach unten. »Als ich rauskam, musste ich einfach neu anfangen. Wir wollten beide reinen Tisch machen, Russel und ich. Er brachte den Truck mit, und es wurde ein gemeinsames Projekt. Ich machte ihn sauber. Wir benutzten ihn beide, um in die Stadt zu fahren. Russel unternahm mit dem alten Mädchen einige längere Abenteuer...«

»Wohin fuhr er damit?« Ethans Frage hing schwer zwischen ihnen.

»Gott weiß es. Wochenlang war er weg.« Mark zuckte mit den Schultern, ein Hauch von Frustration in seinen Augen. »Er sagte nicht, wohin. Das ist das Ding an diesem Ort. Man lernt, die Leute in Ruhe zu lassen, während sie eine Vergangenheit sortieren, über die sie nicht einmal reden können.«

Die Stille wurde angespannt, bis Mark sie wieder durchbrach. »Russel sagte, ihr würdet kommen. 'Gib den Detektiven den Truck', sagte er mir.« Mark traf Annies Blick, ein Flackern von etwas Unlesbarem in seinem eigenen. »Als hätte er sein Ende vorausgesehen. Es ist fast so, als hätte er gewusst, dass jemand ihn kriegen würde. Als hätte er gewusst, dass er sterben würde.«

»Das war nicht das erste Mal, dass er dich um einen Gefallen gebeten hat?«, fragte Annie und spürte etwas Tieferes in Marks resigniertem Ausdruck.

»Nein«, sagte Mark und schüttelte den Kopf. »Er hat mich im Laufe der Jahre um viele Gefallen gebeten. Und einer davon betraf *Sie*.« Er machte eine Pause und ließ Raum für ihre schockierten Gesichtsausdrücke. »Russel wusste von einem Fall in Watersborough, Massachusetts. Ein Mann namens Mr. Markin wurde getötet und ein Brief wurde an das FBI geschickt.«

»Wir haben diesen Fall gelöst«, antwortete Ethan. »Annie hat es getan.«

»Sie waren es, der mich engagiert hat«, erkannte Annie mit weit aufgerissenen Augen. »Sie sind derjenige, der mir den Brief geschickt hat, in dem ich gebeten wurde, zu ermitteln.«

Mark nickte. »Russel sagte, Sie müssten involviert sein, weil es Ihre Chance wäre, Ihre eigene Vergangenheit zu lösen. Er hatte auf die perfekte Gelegenheit gewartet und Verbrechen im ganzen Land beobachtet. Er sagte, dieser Fall sei das, worauf er gewartet hatte, und dass Sie *unbedingt* engagiert werden müssten. Also war ich derjenige, der sicherstellte, dass Sie engagiert wurden. Er hat Sie beobachtet, Annie. Er glaubte an Sie.«

»Und der Truck?«, drängte Annie. »Warum wollte Russel, dass wir ihn haben?«

»Er wollte es nicht sagen«, antwortete Mark. »Aber ich öffnete das Armaturenbrett und fand eine Karte darin, mit einem Ort in der Wüste, der eingekreist war.« Annie begann zu fragen, ob sie sie sehen könne, aber Mark hob eine Hand. »Sie ist weg. Jemand hat sie zerstört. Ich war es nicht. Jemand ist in den Truck eingebrochen und hat das verdammte Ding in Brand gesteckt.«

Annie begann auf und ab zu gehen, ihre Schritte leicht auf der staubigen Erde unter ihren Füßen. »Die Karte. Russel wollte, dass wir irgendwohin *gehen*-«

»Sein Anwesen draußen in der Wüste«, seufzte Mark. »Er ließ mich nie den genauen Ort wissen, aber es gibt eine Stadt in der Nähe, in der er mich einmal abgesetzt hat. Rachel, Nevada. Sobald ich es auf der Karte sah, wusste ich, dass er Sie dorthin schickte.«

»Wir werden sofort aufbrechen«, nickte Ethan. »Das ist es, worauf wir gehofft haben-«

»Moment mal«, riet Mark und schüttelte den Kopf. »Russel hat viele Leute im Kreis geschickt. Ich liebte den Mann, aber er war verschwiegen. Sie sollten besser wissen, worauf Sie sich einlassen-«

»Wir wollen es«, sagte Ethan und ignorierte Marks Warnung. »Die Karte. Können Sie sie nachzeichnen?«

Russel überlegte. Er erinnerte sich an den Umriss des Gebiets auf der Seite. Es war ein Ort, an dem er schon einmal gewesen war. »Nicht perfekt«, gab er zu. »Aber ich könnte euch in die Nähe bringen.«

»Fleur kann dir helfen«, schlug Annie vor. »Sie wird zeichnen, was du beschreibst.«

Mark lehnte sich gegen den Truck und befürchtete, dass die Detectives die Tiefe der vor ihnen liegenden Gewässer nicht verstanden. »Seid ihr sicher, dass ihr das wollt?«

Annie nickte.

»Wo auch immer Russel herkam - das Wenige, was er mir

erzählt hat - es ist ein dunkler Ort. Nichts, worin sich irgendjemand verstricken sollte.«

»Dann verstrick du dich nicht darin«, bot Ethan an. »*Wir* werden das tun.«

»Sie haben unsere Geschwister entführt«, sagte Annie zu ihm. »Ich muss das bis zum Ende durchziehen.«

»Zum Ende?«, fragte Mark. »Und wo ist das? Wohin führt das?«

»Es ist sicherer, es nicht zu wissen«, kam Annies Antwort schnell und knapp. »Deshalb hat Russel dir nie die ganze Geschichte erzählt. Das war seine Art, dich zu schützen. Vertrau mir«, sie trat vor und legte ihre Hand auf seinen Arm. »Alle Beweise deuten darauf hin, dass Russel versuchte, dich in Sicherheit zu bringen. Dich aus dem Schlamassel herauszuhalten, aus dem er kam. Du trittst vor, ohne alles zu wissen, aber vielleicht kannst du trotzdem den Sprung ins Ungewisse wagen.«

Mark seufzte. Sprünge ins Ungewisse hatten sich für ihn in der Vergangenheit nie bewährt. Es war ein Sprung ins Ungewisse gewesen, der ihn mit einem Umschlag voll Anthrax vor ein Hochhaus geführt hatte. Aber hier war er wieder und wagte einen Sprung. Er war zartfühlend und hatte Russel geliebt. Und am Ende des Tages war das alles, was er für sich sagen konnte. Mark griff in seine Tasche und holte die Schlüssel für den Truck heraus.

»Die gehören Ihnen«, sagte er mit einem schmerzerfüllten Blick. »Wenn Sie erlauben, würde ich gerne das Kraftstoffsystem noch einmal überprüfen, bevor ich ihn Ihnen übergebe. Es wird schwer sein, da draußen einen Mechaniker zu finden, der ihn reparieren kann.«

»Das würden wir sehr schätzen«, stimmte Annie zu. »Danke. Wir sind sowieso noch nicht ganz bereit abzureisen. Müssen noch einen Mord aufklären und so.«

»Ich gebe Ihnen die Schlüssel, wenn Sie bereit sind abzufahren«, willigte Mark ein. »Wenn Sie losfahren, bleiben Sie unter 120. Es wird heikel, je schneller Sie fahren.«

»Ich bringe ihn zu Ihnen zurück, wenn wir das alles überstehen«, versprach Annie.

»Weiß nicht, warum er mich bitten würde, den Truck loszulassen - das Letzte, woran wir zusammen gearbeitet haben. Es ist das letzte Stück von ihm, das ich habe«, sagte Mark, seine Stimme wurde enger, als sich ein Kloß in seinem Hals bildete.

»Natürlich ist es das nicht«, sagte Annie und schüttelte den Kopf, als wäre die Antwort offensichtlich: »Fleur ist das letzte Stück von ihm«, sagte sie. »Und sie braucht dich.«

Mark nickte. »Fleur.« Und dabei ließen sie es bewenden. Stille senkte sich herab, eine angespannte Übereinkunft zwischen den dreien, Versprechen, geflüstert unter einer Decke kühler Nachtluft.

# KAPITEL SIEBENUNDZWANZIG

ALS DER MORGEN ANBRACH, fühlte sich der Tag leichter an. Einfacher. Ethan erwachte aus den Tiefen seiner Träume. Er blinzelte gegen die schräg einfallenden Morgensonnenstrahlen, die den Vorhängen entkommen waren, und da war sie – Annie, wie ein wachsamer Raubvogel am Fenster sitzend, eine dampfende Tasse in ihren Händen.

»Morgen«, krächzte er, seine Stimme noch rau vom Schlaf.

»Morgen«, erwiderte Annie, ohne sich von der Aussicht auf *Serenity Peaks* abzuwenden. Draußen vor dem Fenster standen die Berge wie Skulpturen, ihre schneebedeckten Gipfel durchstießen den offenen Himmel. Die Landschaft war wunderschön. Aber für Annie hing eine unterschwellige Spannung in der Luft. Und es gab nichts, was sie mehr liebte als ein wenig Spannung. Ein Lächeln spielte um ihre Lippen.

»Lächelst du?«, fragte Ethan, während er seine Beine über den Bettrand schwang und steife Muskeln dehnte.

»Wir sind nah dran.« Sie warf ihm einen Blick zu, ein wenig selbstzufrieden. »Der Fall fügt sich zusammen. Nur noch ein paar letzte Teile, die an ihren Platz fallen müssen.«

»Mit wem sprechen wir heute?«

»Ich mag eine Yogastunde so sehr wie jeder andere«, bot Annie an.

»Also Guru Mett«, stimmte Ethan zu. Sein Nicken war langsam, aber entschlossen. Sie waren dabei, den Faden einzufädeln, und das Nadelöhr war fast in Sicht.

————

Guru Metts Yogastudio roch nach Sandelholz und Zitronenöl. Die Holzböden glänzten unter den Füßen und reflektierten das sanfte Morgenlicht, das durch durchscheinende Vorhänge fiel. Guru Mett, eine Figur der Ruhe inmitten der Weite von Kissen und Matten, erhob sich, um sie zu begrüßen. Sein Lächeln war angespannt.

»Detektivin Hudson. Agent Beckett. Sind Sie hier für eine Privatstunde oder-«

»Guru Mett.« Annies Begrüßung durchschnitt die Höflichkeiten. »Wir müssen reden. Über Russel.«

Guru Mett erstarrte, das Lächeln verschwand, ohne ganz zu vergehen. »Ich verstehe«, sagte er. Er ließ die Worte in der Luft hängen, fast als hätte er Angst, dass alles andere, was er sagen würde, seine Situation nur verkomplizieren würde. Annie trat vor, ihre Schritte hallten im leeren Studio wider.

»Russel hat Anweisungen hinterlassen«, fuhr Annie unnachgiebig fort. »Für Sie alle. Jeder hatte eine Rolle zu erfüllen. Aber Sie haben Ihre nicht gespielt. Stimmt das?«

»Ich weiß nicht-«

»Russel hat das Monopoly-Spiel mit Ihrem Namen darauf hinterlassen«, fuhr Annie fort. »Also kann ich nur annehmen, dass Ihre Aufgabe mit Geld zu tun hatte. Es ist seltsam«, sagte Annie, während sie auf und ab ging. »Ich habe mich gefragt... warum würde Russel dem spirituellen Anführer eine Aufgabe geben, die mit Geld zu tun hat? Es sei denn, er wusste etwas über Ihre Vergangenheit. Etwas, das Sie zur offensichtlichen Wahl machte.«

Guru Mett faltete seine Hände und nickte langsam in einer Art resignierter Akzeptanz. »Geld ist die Wurzel allen Übels«, murmelte er, fast zu sich selbst.

»Lassen Sie uns nicht um den heißen Brei herumreden«, sagte Ethan, sein Ton fest, aber nicht unfreundlich. »Was hat er Sie gebeten zu tun? Raus damit. Die Wahrheit.«

Annie warf ihrem Partner einen überraschten Blick zu, erstaunt über den subtilen Ausbruch. Die persönliche Natur dieses Falls schien ihm zuzusetzen, und zum ersten Mal wurde Annie klar, dass auch Ethan kämpfte. Noch vor wenigen Tagen hatte sie gedacht, Ethan wäre ohne sie besser dran. Jetzt – als sie sah, wie er für einen Moment seine gewöhnlich gefasste Haltung verlor – wurde Annie klar, dass Ethan sie auch brauchte.

Der Guru begegnete ihrem Blick, eine schwere Stille umhüllte den Raum, bevor er wieder sprach, jedes Wort überlegt und abgewogen.

»Wahrheit ist selten rein und fast nie einfach«, begann er, fast kryptisch, hielt dann inne, als er Ethans gereizten Gesichtsausdruck bemerkte. Ein langes Ausatmen. »Gut«, bot er an und schüttelte seine Guru-hafte Darbietung ab. »Sie wollen die Wahrheit? Hier ist sie.«

Annie lehnte sich vor, ihre Augen verließen nie Guru Metts Gesicht.

»Fangen Sie von vorne an«, sagte sie.

Der Blick des Gurus fiel auf seine gefalteten Hände. »In einem anderen Leben«, begann er, »war ich ein Mann der Zahlen, nicht des Geistes.« Er hob seinen Blick, ein Sturm braute sich in seinen Augen zusammen. »Ein Finanzberater.«

Annie nickte geduldig. »Fahren Sie fort.«

»Vertrauen war mein Geschäft. Vertrauen, meine Währung. Aber Märkte sind unberechenbar. Ich versuchte, sie zu überlisten. Sie müssen verstehen, ich wollte *nie* jemandem schaden. Ich tat alles aus guter Absicht. Ich wollte einfach nur gewinnen. Wurde davon besessen.«

»Und?«, drängte Ethan, sein Kiefer spannte sich an.

»Ich scheiterte«, schluckte Mett, sein Adamsapfel hüpfte. »Ich nahm das Geld meiner Kunden und machte einige große Wetten, die sich als falsch herausstellten. Also, um die Verluste zu decken, verschob ich Gelder. Wenn ich das Geld eines Anlegers verlor, nahm ich einfach vom nächsten Anleger, um einen erhöhten Kontostand im Konto der ersten Person zu zeigen.«

»Sie haben gestohlen«, stellte Ethan klar.

Guru Mett zuckte mit den Schultern, als ob die Details nicht der Rede wert wären. »Es war nicht meine Absicht, aber es ist passiert. Ich bin im Herzen ein Menschengefälliger. Ich wollte einfach, dass alle gewinnen. Dass ihre Konten wachsen. Aber ich setzte auf die falsche Seite.«

»Sie sind ein Wirtschaftskrimineller«, sagte Annie.

»Ja«, stimmte Guru Mett zu. »Und ich habe deswegen alles verloren. Meine Häuser wurden liquidiert. Autos verkauft. Ich habe meine Zeit abgesessen, meine Schuld bezahlt, und mit meinen letzten Pfennigen kam ich hierher. Nach *Serenity Peaks*. Dieser Ort gab mir die Chance, neu anzufangen. Ich brachte meinen Laptop mit, die Verbindung zu meinem früheren Leben. Ich plante, ihn zu begraben, zusammen mit meinen Sünden. Vielleicht ein rituelles Opfer durchzuführen. Das Ding notfalls anzuzünden. Ich war dabei, mich auf einen spirituellen Weg zu begeben, aber dann Tania-« Guru Mett hielt inne, sich erinnernd.

»Tania griff ein?«, fragte Annie.

»Sie bat mich, die Finanzen der Kommune zu verwalten. Diesen Ort zu leiten, ist viel für sie. Ich denke, sie dachte, dem spirituellen Typen das Geld anzuvertrauen, macht Sinn.«

»Haben Sie ...?«, fragte Ethan. Eine Anschuldigung hing zwischen den Detektiven und dem Mann, den sie zu verstehen suchten.

»Habe ich was, Agent Beckett?«

»Sind Sie in alte Gewohnheiten zurückgefallen?«

Guru Mett stand auf, seine Gestalt warf einen langen Schatten über den Bambusbodenx. »Tania glaubte an Erlösung. An die Kraft dieses Ortes zu heilen.« Seine Hand schwebte über seinem Herzen. »Und so glaubte ich. Ich kann Ihnen stolz sagen, ich habe die Gelder der Kommune *nicht* veruntreut. Neunzig Prozent sind in traditionellen ETFs. Sicher und gesund.«

»Und die anderen zehn Prozent?«, fragte Annie.

»Die anderen zehn Prozent habe ich in Kryptowährungen investiert«, lächelte Guru Mett. Er konnte nicht anders, als über die Ergebnisse seines jüngsten Finanzexperiments zu strahlen. »Ich meine, ihr konntet doch nicht erwarten, dass ich *gar nicht* wette. Die Menschen müssen im Leben auch ein bisschen Spaß haben.«

»Und?«

»Und dieses Mal habe ich *richtig* gewettet.« Die Wangen des Gurus röteten sich vor Begeisterung über sich selbst. »Das Geld, das ich für die Kommune in Kryptowährungen angelegt habe, hat sich im Wert verzehnfacht. Dieser Ort ist reich. Und ich habe alles im Namen der Kommune behalten. Ich liebe diesen Ort. Und ich habe vor, das Richtige für ihn zu tun. Ich glaube, diese Gelegenheit wurde mir als Chance zur Wiedergutmachung gegeben-«

»Glaube ist gut«, sagte Ethan und trat näher. »Beweise sind besser.«

»Beweise«, echote der Guru, seine Stimme kaum lauter als ein Seufzer.

»Zeig es uns«, verlangte Annie.

Mit einem Nicken beugte sich Guru Mett zu einem losen Dielenbrett hinunter und hob es an. Er zog einen Laptop hervor und stellte ihn auf einen kleinen, mit Wandteppichen bedeckten Schreibtisch. Seine überraschend flinken Finger tanzten über die Tasten. Er zögerte einen Moment, dann schob er das Gerät zu ihnen hinüber.

»Alles«, sagte er, »ist da.«

Annie beugte sich vor, ihr scharfer Blick auf den Kontostand gerichtet, der auf dem Laptopbildschirm leuchtete. »Das ist eine nette Summe«, stimmte Annie zu. »Weiß Tania davon?«

»Nicht von den Kryptowährungen«, gab Guru Mett zu. »Aber sie hat darum gebeten, nicht über die Einzelheiten informiert zu werden. Sie vertraut mir.«

»So wie Russel dir vertraut hat?«, fragte Annie.

»Russel glaubte an Serenity Peaks. Das tue ich auch.« Guru Metts Stimme hatte eine Wärme, die seine vergangenen Taten Lügen strafte. »Diese Menschen... dieser Ort...« Seine Hand schweifte durch den Raum, bevor sie sich auf sein Herz legte. »Es ist Zuhause.«

»Und das Monopoly-Spiel?«, fragte Annie. »Was wollte Russel, dass du tust?«

»Ah, ja. Das Spiel.« Guru Mett zuckte nicht zurück. »Russel wusste von meiner Vergangenheit, weil, nun ja, wenn man einem Freund nahekommt, ist es schwer, nicht zu erzählen, wer man vorher war. Wir haben hier die Regeln gebrochen, wie so viele es tun, und über unser früheres Leben gesprochen. Einiges kam heraus, als wir Brettspiele spielten. Hier gibt es nicht viel zu tun, und Russel und ich haben immer Monopoly gespielt. Ihr werdet jetzt verstehen, warum es mich als Spielwahl ansprach. Russel erzählte mir nur, dass er eine Art Verbrechersyndikat verlassen hatte. Und ich erzählte ihm von meinen Lastern. Ein paar Tage bevor Russel starb, bat er mich, zwei private Offshore-Konten mit seinen Geldern einzurichten. Ich weiß nicht, woher er dieses Geld hatte, aber er wollte, dass es auf einem nicht nachverfolgbaren Schweizer Bankkonto versteckt wird.«

»Unter wessen Namen?«

Guru Mett starrte sie an, unsicher, wie er die Nachricht überbringen sollte. Dann bot er einfach an:

»Euren.«

Annie und Ethan tauschten einen Blick aus. Guru Mett

tippte auf seinem Computer und rief die fraglichen Konten auf. Annie und Ethan sahen sich die Bankinformationen an und fanden dort eine ordentliche Summe.

»Was wollte er, dass wir damit tun?«, fragte Ethan.

Guru Mett zuckte mit den Schultern. »Er wollte es mir nicht sagen. Meinte, ihr würdet es wissen. Monopoly war das Spiel. Und jetzt seid ihr am Zug.«

Guru Metts Finger tanzten über die Tasten des Laptops. Die Maschine summte und verarbeitete seine Befehle mit einem gehorsamen Surren. Er entfernte einen kleinen schwarzen USB-Stick aus einem Anschluss am Laptop und reichte ihn Annie und Ethan.

»Alle Informationen sind auf diesem Stick«, sagte er, seine Stimme ein leises Brummen in der Stille des Yoga-Studios. »Wie man auf die Gelder zugreift. Kontonummern. Alles, was ihr braucht, ist da. Russel hat euch vertraut«, sagte Guru Mett und ließ seinen Blick zwischen ihnen hin und her wandern. »Mehr als das Geld, mehr als *Serenity Peaks*... was auch immer er wollte, dass ihr tut, ist sein Vermächtnis.«

Annie und Ethan tauschten einen Blick aus, plötzlich getroffen von der Tragweite dessen, was ihnen hinterlassen worden war.

»Noch eine Sache«, sagte Annie und sah Guru Mett an. »In Kürze werden wir deine Hilfe wieder brauchen. Tatsächlich werden wir die Hilfe der gesamten Kommune brauchen.«

»Und?«

»Und ich möchte wissen, ob wir auf dich zählen können.«

»Wenn es für *Serenity Peaks* ist, könnt ihr das auf jeden Fall«, bestätigte Guru Mett.

»Gut«, nickte Annie.

Damit verließen Annie und Ethan das Studio und ließen Guru Mett allein zurück. Er starrte auf den blinkenden Cursor auf seinem Computer und fand es lustig, dass eine kleine Welt innerhalb einer anderen existieren konnte. In einer Welt war Guru Mett ein spiritueller Berater. Aber in dieser

Metallfalle von Computer war er jemand völlig anderes. Jetzt, da sich die beiden Welten gekreuzt hatten, fühlte Guru Mett eine Welle der Erleichterung. Er wusste, dass er mit Tania sprechen musste. Aber das konnte bis zu einem anderen Tag warten.

# KAPITEL ACHTUNDZWANZIG

TANIA

In dem Gemeinschaftsgarten der Kommune waren Tania Wildhearts Hände tief in der Erde vergraben, ihre Finger lockten mit fast mütterlicher Fürsorge Leben aus dem Boden. Sie summte eine Melodie vor sich hin, deren Töne mit der Bergbrise, die durch *Serenity Peaks* wehte, auf- und abstiegen. Sonnenlicht fiel auf ihren Rücken und wärmte den Stoff ihrer farbenfrohen Bluse, während sie sich um die Sprösslinge kümmerte, die eine Saison voller Fülle versprachen. *Alles wird gut werden*, dachte sie bei sich und verdrängte Russels Mord aus ihren Gedanken.

»Tania«, rief eine Stimme und zerstörte ihre Illusion, dass alles in Ordnung sein würde.

Tania richtete sich auf und ihre Augen folgten dem Klang. Annie Hudson stand am Rande des Gartens, flankiert von Ethan Beckett. Ihr Erscheinen in Tanias friedlicher Oase war unerwartet und störend. Sie schluckte schwer.

»Wir brauchen Ihre Hilfe«, sagte Ethan.

»Natürlich«, antwortete Tania und wischte sich die Erde von den Händen an ihrer Schürze ab. Ihr Herz schlug plötzlich im Stakkato gegen ihre Rippen. »Alles, was Sie wollen.«

Annie trat vor, ihr Blick fixierte Tanias Gesicht mit einem angenehmen, undurchschaubaren Lächeln. »Ich bin kurz davor, es zu lösen«, verkündete sie, ihre Worte leicht und unbeschwert. »Russels Fall.«

Tania spürte, wie ihr das Blut aus den Wangen wich und trotz der Umarmung der Sonne Kühle in ihre Haut sickerte. »Das... das sind großartige Neuigkeiten«, brachte sie hervor, ihre Stimme verriet ein Zittern.

»Ich würde es gerne allen mitteilen. Gemeinsam. Der ganzen Kommune gleichzeitig Abschluss geben.« Annies Augen wichen nicht, sie las jedes Flackern von Emotion in Tanias Gesicht. »Können wir das arrangieren?«

»Sicher.« Tanias Nicken war kaum wahrnehmbar, ihr Verstand raste mit den Implikationen von Annies Worten. »Sagen Sie mir einfach Bescheid, wann.« Tanias Finger schwebten über einem zarten grünen Spross, ihre Berührung federleicht. »Eigentlich haben wir heute Abend eine Gruppenzeremonie. Es ist eine unserer bewegendsten Traditionen. Vielleicht, wenn sie vorbei ist-«, murmelte sie und blickte auf die Erde an ihren Händen.

»Perfektes Timing«, sagte Annie mit einem scharfen Unterton in der Stimme. Dann hielt Annie inne, als ihr etwas klar wurde. »Sie sagten, die Zeremonie sei heute Abend.« Es war eine Feststellung, keine Frage, aber Tania antwortete trotzdem:

»Ja«, bestätigte Tania.

»Hmm«, dachte Annie laut nach und kaute auf etwas in ihrem geistigen Auge herum. »Planen Sie, die Gruppe nach der Zeremonie zusammenzubringen, aber warten Sie auf unser Signal, bevor Sie sie versammeln. Ethan und ich werden Ihnen Bescheid geben, wenn es soweit ist.«

»Haben Sie einen Verdacht?«, fragte Ethan Annie lächelnd. Er kannte ihre Vorliebe, sich auf Fakten zu verlassen, aber irgendwie schien sich immer ein Verdacht einzuschleichen.

Annie grinste zurück. »Ja, den habe ich«, sagte sie. »Ich

hoffe, er erweist sich als richtig. Ansonsten könnte uns ein kniffliger Abend bevorstehen.«

»Welcher Abend mit uns endet *nicht* knifflig?«, antwortete Ethan.

»Wenn es sonst nichts gibt, werde ich einfach-«, Tania deutete auf die Pflanzen, üppig und lebendig, ihre Blätter in einem satten Grün. Verschiedene Arten zierten den Garten, einige essbar, andere existierten rein aus Freude. Jede war anders, manche mit zarten Blüten, während andere komplizierte Muster auf ihren Blättern hatten. Ihre Wurzeln verschwanden in der reichen, dunklen Erde, die ihnen gab, was sie zum Wachsen brauchten. Tania wünschte sich insgeheim, sie könnte mit ihnen unter die Erde kriechen, stattdessen nahm sie ihre Schaufel und begann, ein weiteres Loch zu graben.

»Es gibt nichts weiter«, sagte Annie. Tanias Vermeidung war ihr nicht entgangen. Tatsächlich hatte sie es erwartet. Annie drehte sich zum Gehen, hielt aber inne, als ihre Aufmerksamkeit von einem kahlen Behälter inmitten der gedeihenden Gartenbeete gefesselt wurde. Sie näherte sich ihm, ihre Bewegungen präzise, wohlüberlegt.

»Außer... Dieser leere Blumentopf an Ihrer Hütte«, fuhr Annie fort. »... der, in dem Sie sagten, Sie hätten früher Lupinen angebaut. Haben Sie noch welche gepflanzt?« Annies Frage durchschnitt die Luft, jedes Wort mit Absicht geschärft.

Tania blickte zu ihr auf, ihre Augen brannten, aber nicht wegen der Sonne. »Nein«, sagte Tania, ihre Stimme zitterte. Annies Frage durchschnitt die Luft, jedes Wort mit Absicht geschärft.

»Natürlich haben Sie das nicht«, sagte Annie, der Ton ihrer Stimme bestätigend, als würde sie ein Gespräch beenden, das sie nie geführt hatten. »Ich hätte sie auch nicht wieder angepflanzt. Nach dem, was passiert ist.«

»Was ist passiert?«, sagte Tania, ihre Augen tränten. So zu

tun, als wüsste sie es nicht, fühlte sich fast kindisch an, angesichts der Art, wie Detektivin Annie Hudson sie ansah.

»Die Lupine. Haben Sie sie je jemandem gegeben?«

»Einmal«, flüsterte Tania, das Eingeständnis schwer, tief in den Boden unter ihren Füßen sinkend.

Annies Nicken war kaum wahrnehmbar, eine stille Anerkennung des Ungesagten.

»Wir sehen uns bei der Zeremonie heute Abend«, bot Annie an, bevor sie und ihr Partner sich zum Gehen wandten. Tania sah ihnen nach, wie sie mit gemessenen Schritten davongingen und sie allein knietief in der reichsten Erde zurückließen, die sie je benutzt hatte.

# KAPITEL NEUNUNDZWANZIG

DIE NACHT FIEL HART und stand nicht wieder auf. Sterne glänzten wie Nadelstiche in einer Decke, so dick, dass sie alle Zweifel über »ob« oder »wann« erstickte - unter der Dunkelheit eines zeremoniellen Abends war *Serenity Peaks* zu einem Ort geworden, der zeitlos und unendlich erschien.

Die Bewohner versammelten sich, saßen auf umgefallenen Baumstämmen, die kreisförmig um Tania Wildheart angeordnet waren. Ihr geflochtenes Haar, mit getrockneten Blumen durchwoben, hing in dieser windstillen Nacht schwer um ihr Gesicht. In der Ferne zirpten Grillen ein sanftes Lied - eines, das Tania mit einem rhythmischen Gesang zu ermutigen schien. Sie wartete, bis alle Augen auf sie gerichtet waren. Erst dann, als sie sicher war, die volle Aufmerksamkeit der Gruppe zu haben, begann sie.

»Zeremonie«, begann Tania, ihre Stimme ruhig und klar, »ist der Herzschlag unserer Gemeinschaft. Sie erinnert uns daran, dass wir zusammen grenzenlos sind.« Ihr Blick schweifte über die Gesichter vor ihr - Fleur, mit ihrer ätherischen Ruhe; Mark, solide wie die Kiefern, die sie umgaben; Guru Mett, verspielt und gelassen; Banks, immer noch ein Rätsel, seine Augen hinter der schwarzen Brille unlesbar;

Cord, zufrieden, mit seinen Lieblingsmenschen zusammen zu sein; und Annie und Ethan, die sich wie entgegengesetzte Hälften einer Münze spiegelten.

»Heute Abend«, fuhr sie fort, »bekräftigen wir diese Überzeugung.«

Zielstrebig trat Tania zur Seite. Ein Pfad aus heißen Kohlen kam zum Vorschein, unheimlich glühend in der Dämmerung, Holzkohle-Kugeln, die rot wie Magma brannten.

»Jeder Schritt, den ihr macht«, erklärte Tania, »beweist die Kraft unseres Stammes.«

Annie fing Banks' Blick auf. Er zuckte ganz leicht zusammen. Angst. Aber in Fleurs Händen war kein Zittern, in Marks Haltung kein Zögern. Guru Mett saß ungerührt da. Es schien, als hätten die anderen Mitglieder der Kommune schon früher an dieser Übung teilgenommen und keine Angst. Das ließ Banks, Annie und Ethan etwas gegenüberstehen, das sie noch nie getan hatten. Ethan drückte Annies Schulter - ein stiller Pakt. Banks saß allein.

»Wer wird am Ende dieser Prüfung deine Hand halten?«, forderte Tania heraus, ihr Blick fixierte nacheinander jedes Mitglied.

Stille hing schwer in der Luft, unterbrochen vom Knistern der Kohlen. Jemand würde warten. Immer.

»Wenn ihr diesen Kohlen gegenübersteht, konzentriert euch auf die Menschen, die am Ende der Reihe auf euch warten. Menschen waren dazu bestimmt, in Stämmen zu leben, und wir können gemeinsam mehr erreichen als allein. Die Außenwelt mag das vergessen haben, aber in *Serenity Peaks* versprechen wir, uns immer gegenseitig aufzufangen. Um dies zu beweisen, melde ich mich freiwillig als Erste, die überquert, im Wissen, dass alle hier bei mir sind.«

Tania drehte sich um und warf ihr Haar über die Schulter. Sie trat auf den Pfad, die Hitze der Kohlen stieg auf - eine geflüsterte Herausforderung. Um sie herum hielt die

Kommune den Atem an. Tania schloss die Augen. Sie atmete tief ein. Über ihre Schulter hinweg jubelte die Gruppe.

»Schritt, Schritt, Schritt-« Mark begann den Sprechgesang, und der Rest der Gruppe stimmte ein. Ruhig und ohne Furcht machte Tania einen Schritt auf die heißen Kohlen. Dann noch einen. Und noch einen. Jeder Schritt war ein Beweis für ihren Glauben an ihre gemeinsame Stärke. Am Ende des feurigen Ganges drehte sie sich um, ihre Präsenz ein Anker für den Nächsten.

Die Gruppe jubelte, als ihre Füße festen Boden berührten. Tania hob ihre Arme und begrüßte die nächste Person.

Mark stand auf, sein wettergegerbtes Gesicht verriet keine Angst. Barfuß stellte er sich den glühenden Kohlen. In dem Moment, bevor er auf die Kohlen trat, dachte er an Russell und erinnerte sich an das erste Mal, als er diese Übung mit dem Mann gemacht hatte, den er später lieben lernte. Er blickte über seine Schulter zu Fleur, die noch immer auf einem Baumstamm saß. Ihre Augen trafen sich. Sie waren wässrig, und er wusste - sie dachte auch an Russell. Mark nickte ihr sanft zu, dann trat er auf die Kohlen. Er überquerte sie mit Leichtigkeit, als würde er auf einem Bürgersteig gehen. Als er das Ende erreichte, trafen sich seine Augen mit Tanias. Sie öffnete ihre Arme für ihn, als er auf festen Boden trat, und zog ihn an sich. Als sie sich trennten, drückte sie Marks Hand und trat dann zur Seite, um ihm zu erlauben, ein Anker für die nächste Person zu sein.

Fleur stand auf, ihre Leichtigkeit hob sich stark von der ursprünglichen Prüfung vor ihr ab. Mark breitete seine Arme weit aus, als wolle er ihr Kraft einflößen. Sie trat vor, ihre Verbindung mit der Erde unter ihren Füßen war sogar durch die brennenden Kohlen spürbar. Die Kommune sah gebannt zu, fasziniert von ihrer gelassenen Zuversicht. Wie ein an das Land gebundener Geist überquerte sie mit unheimlicher Anmut.

»Bravo, Fleur!« Jubel brach aus, als sie das Ende erreichte

und in Marks Umarmung fiel. Ihre Ankunft war ein zartes Siegel auf der Trauer, die sie nun verband.

»Du bist dran, Cord«, rief Tania.

Cord lächelte und beugte sich zu Annie und Ethan. »Ich liebe diesen Teil«, sagte er. Er sprang auf und überquerte die Kohlen in einer flüssigen, einfachen Linie und umarmte Fleur, als er das Ende erreichte. Er drehte sich um, die Arme ausgebreitet, und rief zu den Baumstämmen:

»Komm her, Mett.«

Guru Mett näherte sich, sein langer Pullover streifte den Boden. Keine Theatralik, nur stille Gewissheit. Sein Bart, von grauer Weisheit durchzogen, zitterte kaum, als er über die Kohlen ging, jeden Schritt bedacht. Ein kollektiver Seufzer entfuhr, als er sich der Gruppe anschloss, ihre Zahl wuchs - ein Zeugnis des kollektiven Willens.

»Annie, Ethan«, Tanias Stimme durchschnitt die steigende Spannung. »Eure Wahl.«

Annie tauschte einen Blick mit Ethan. Sein Nicken war unmerklich, aber eindeutig.

»Wir können das überspringen«, murmelte Ethan, das Angebot hing zwischen ihnen.

»Nein«, Annies Stimme war sanft und durchschnitt das Zögern. »Wir haben Schlimmeres durchgemacht«, zwinkerte sie ihm zu. Sie löste sich von Ethans Seite, ihr dunkles Haar ein scharfer Kontrast zum Nachthimmel. Annie war es leid, vor den Dingen wegzulaufen, die ihr Schmerzen bereiteten, und sie hoffte - irgendwie -, dass das Überqueren der Kohlen etwas heilen würde.

Sie ließ ihre Schuhe am Anfang des Pfades stehen und trat dann auf die Kohlen. Sie bewegte sich schnell und konzentrierte sich auf das Ende der Reihe. Entschlossenheit trieb sie über die Kohlen, jeder Muskel angespannt gegen die Hitze, die versuchte, sie zu vereinnahmen.

Sie tauchte auf der anderen Seite auf, siegreich, die Gruppe umarmte sie und machte Platz für sie, damit sie am

Ende des Pfades als Leuchtfeuer für den Nächsten stehen konnte - Ethan.

»Komm schon«, hauchte sie, die Worte kaum mehr als ein Flüstern, aber mit dem Gewicht all dessen, was sie gemeinsam durchgestanden hatten. »Du schaffst das, Ethan.«

Ethan straffte die Schultern, Hitze strahlte gegen seine Haut. Die Augen auf Annie gerichtet, erstreckte sich der Pfad aus Kohlen vor ihm - eine feurige Herausforderung. Er trat vor, jeder Schritt ein Beweis für das Vertrauen, das er in ihre Anwesenheit setzte. Das Feuer nagte an seiner Entschlossenheit, doch er bewegte sich mit unerschütterlichem Fokus.

Er stolperte in der Mitte des Pfades, Hitze schlüpfte zwischen den Kohlen und auf seinen Fuß. »Annie!« Seine Stimme war ruhig und verriet nichts von der Beklommenheit, die ihn Momente zuvor ergriffen hatte.

»Schneller!«, rief sie, und Ethan beschleunigte, streifte nur noch die Oberfläche des brennenden Ganges.

Als er endlich das Ende des Pfades erreichte, umarmte Ethan Annie fest, der Geruch von Rauch haftete an ihnen beiden. »Ich wusste, du kannst es«, lächelte Annie ihn an.

»Ich hätte es nicht geschafft«, gab Ethan zu, dessen Brust sich leicht vom Adrenalin hob und senkte. »Nicht ohne dich hier.«

Annies Augen trafen seine, eine stumme Anerkennung ihrer gemeinsamen Stärke. Es waren nicht nur die Kohlen, denen sie sich stellten – es war das quälende Gespenst des ungelösten Mordes an ihrem Bruder, eine Glut, die sich weigerte zu erlöschen. Zusammen waren sie mehr als getrennt; dieser Moment war der Beweis.

»Gut, Banks. Du bist dran«, verkündete Tania, ihr Ton eine Mischung aus Ermutigung und Befehl.

Banks zögerte, seine Brille reflektierte das flackernde Licht, als würde sie den Aufruhr in seinem Inneren offenbaren. »Nein.« Seine Weigerung durchschnitt die Nachtluft, hart und unerwartet. »Ich werde nicht für Theatralik durchs Feuer gehen.«

»Denk nach, Banks«, rief Tania, ihre Stimme mit einer Spur Herausforderung versehen. »Bedenke die Feuer, die du ertragen hast, die Prüfungen, die deine Vergangenheit versengt haben.«

*Ich war damals allein und ich bin jetzt allein*, dachte Banks bei sich. Er schrie, seine Stimme schmerzerfüllt in der Nacht: »Ihr Leute braucht, dass ich euch etwas beweise? Nein danke, ich verzichte.«

»Es geht nicht darum, etwas zu beweisen«, antwortete Tania leise. »Wenn du dich entscheidest, heute Abend auf die Kohlen zu verzichten, werden wir trotzdem für dich da sein. Aber du *kannst* sie bezwingen. Hier bist du nicht allein.«

Banks' Kiefer spannte sich an. »Dumm«, murmelte er, aber er zog seine Schuhe aus und ging zum Anfang des Pfades. »Die ganze Sache ist einfach-«

Er trat auf den glühenden Pfad. Sein Fuß schwebte, dann traf er auf die Hitze. Ein kollektiver Atemzug wurde gehalten, als er sich bewegte, ein langsamer, bedächtiger Schritt nach dem anderen. Die Kohlen knackten unter seinem Gewicht, eine sanfte Symphonie aus Glut und Haut.

Annies Blick schwankte nicht; sie zerlegte jeden Mikroausdruck, jede subtile Verschiebung von Banks' Muskeln. Hier steckte mehr dahinter als Angst – Geheimnisse lagen unter dieser stoischen Fassade. Banks machte auf sie den Eindruck, als hätte er vor nicht viel Angst, und sie vermutete, dass es nicht das Feuer der Kohlen war, das ihn bedrohte. Vielmehr war es etwas Tieferes über die Natur des Lebens in *Serenity Peaks*. Es war die Nähe zu anderen Menschen, die der Ort bot, und was das für jemanden bedeutete, der es gewohnt war, allein zu sein.

Schließlich erreichte Banks das Ende des Pfades. Der Moment dehnte sich, Stille umhüllte sie, bevor sie von Applaus durchbrochen wurde. Tania trat vor, die Arme weit geöffnet. Die Umarmung war fest, alle schlossen sich an. Außer Annie, ihre Augen waren auf Banks fixiert.

Er drehte sich zu ihr um, und ihre Blicke trafen sich. Ein Flackern von etwas huschte über seine Züge – Schuld? Es verschwand so schnell, wie es aufgetaucht war, aber Annie fing es auf und speicherte es ab.

Tania legte eine Hand an Banks' Wange, während Fleur und Mark ihm auf den Rücken klopften. »Du hast es geschafft«, sagte sie zu ihm. »Aus vielen, einer«, verkündete Tania, ihre Stimme hallte durch die klare Bergluft. »Und jetzt... lasst uns feiern!«

Sie deutete auf eine Kühlbox gefüllt mit Snacks und eine nahestehende Thermoskanne mit heißer Schokolade, neben der Becher standen. Die Gruppe schenkte sich Getränke ein, Dampf stieg auf wie die Glut, die zum Himmel wirbelte. Gelächter, Geplauder und die Wärme des gemeinsamen Sieges gegen die Nacht erfüllten die Wildnis. Annie nahm einen Becher – spürte, wie seine Wärme in ihre Finger sickerte. Sie beobachtete Banks, der etwas abseits stand, an seinem Getränk nippte und das sterbende Feuer betrachtete.

»Ziemlich eine Nacht, was?«, murmelte Ethan neben ihr.

»Und sie hat gerade erst begonnen«, antwortete Annie. Ihre Antwort war kryptisch, ihre Augen verließen nie Banks' gebeugte Gestalt im schwindenden Licht.

Die Zeremonie war zu Ende, aber die Ermittlung – Annies stille Jagd nach der Wahrheit – hatte gerade das letzte fehlende Puzzleteil gefunden.

# KAPITEL DREISSIG

BANKS

Banks stürmte durch die hölzerne Eingangstür seiner Hütte, die Echos der Zeremonie verfolgten ihn noch immer. Er knallte die Tür mit einem heftigen Schlag zu, seine Hand zitterte. Jetzt allein, stolperte er zum Bett, der schmucklose Raum drehte sich leicht, als er auf die kratzige Decke fiel. Seine Brust hob und senkte sich – ein stiller Kampf in seinem Inneren. Augen, die selten feucht wurden, brannten nun mit unerwünschter Feuchtigkeit. Verdammt.

Die Zeremonie hatte etwas in Banks berührt. Ein Bedürfnis, das er zu ignorieren versuchte. Jetzt musste er sich sammeln.

Ein tiefer Atemzug. Noch einer. Banks presste seinen Kiefer zusammen und wollte die Bedeutung dessen, was draußen unter den hohen Kiefern geschehen war, verdrängen. Er hasste das – hasste, dass die gemeinschaftlichen Gesänge und aufrichtigen Gesichter es geschafft hatten, seine Rüstung zu durchdringen. Aber in *Serenity Peaks* war alles darauf ausgelegt zu infiltrieren, zu verbinden. Sogar mit jemandem wie ihm.

Genug.

Mit mechanischen Bewegungen griff Banks nach seiner Reisetasche, die achtlos auf den Dielen lag. Seine Finger fanden die verborgene Naht und tauchten hinein, zogen ein schlankes Mobiltelefon aus seinem Stoffschoß. Der Bildschirm erwachte bei seiner Berührung zum Leben und beleuchtete die spärliche Einrichtung mit einem kalten Schein. Er hatte versucht, das Telefon – und was die Person am anderen Ende ihn gebeten hatte zu tun – tagelang zu ignorieren. Aber jetzt blickte er auf die neueste Nachricht.

**Unbekannt**

Aufgabe ausgeführt?

Die Worte hingen dort, stark gegen den Hintergrund ungelesener Benachrichtigungen. Banks' Daumen schwebte, zögerte.

**Unbekannt**

Aufgabe ausgeführt?

Die Nachricht pulsierte in einem Rhythmus, der dem Pochen in seinen Schläfen entsprach. Sie verlangte eine Antwort, eine Bestätigung der erfüllten Pflicht. Und doch wusste Banks, dass das Gewicht hinter diesen beiden Worten bedeutete, das aufzugeben, was er hier gefunden hatte. Sie enthielten einen Befehl, einen Test, ein Leben, das auf der Kippe einer Entscheidung balancierte, die alles verändern würde, sobald sie getroffen war.

**Unbekannt**

Aufgabe ausgeführt?

Er las die Nachricht erneut, als könnte sie sich in etwas anderes verwandeln. Das tat sie nicht. Der Raum fühlte sich kälter an, die Wände rückten näher. Banks schloss für einen Moment die Augen und rang mit der Schwere seines nächsten Zuges. Es ging hier nicht nur darum, einen Auftrag zu erfüllen. Es ging um Loyalität, darum, sich zu beweisen.

**Unbekannt**

Aufgabe ausgeführt?

Banks scrollte nach oben und schaute sich die vorherige

Nachricht an. Ein Daumen-Wisch enthüllte zwei Bilder: Annie und Ethan. Ein Blick in Annies dunkle, entschlossene Augen. Ethan, immer wachsam an ihrer Seite. Banks' Atem stockte.

**Unbekannt**

Eliminieren.

Die Anweisung, die er bisher nicht erfüllt hatte, war ein düsterer Anker in einem Meer von anderen Anforderungen.

»Verdammt«, zischte er, das Telefon glitt ihm aus den Fingern. Es klapperte auf den Tisch. Banks stand auf und fuhr sich mit den Händen durch die Haare. Er musste wütend werden. Wut hatte ihn sein ganzes Leben lang geleitet – sie half ihm immer, das zu tun, was getan werden musste. Er ließ die Wut in sich aufsteigen, griff dann nach einer Lampe auf dem Nachttisch und warf sie zu Boden. Ihr Sockel zerbrach in Stücke, Scherben ihres früheren Selbst lagen über den Holzboden verstreut. Banks' Puls beschleunigte sich; die Wut fühlte sich nicht mehr so gut an wie früher, aber es war zumindest etwas.

»Konzentrier dich«, knurrte Banks zu sich selbst. Er brauchte die Wut, die Raserei, die ihn vor den Ranken des Zweifels schützen würde. Er stellte sich die Gesichter auf dem Foto als Ziele vor, nicht als Menschen, und beraubte sie ihrer Menschlichkeit.

»Ziele«, murmelte er, das Wort ein Mantra, um seine Entschlossenheit zu stärken. Der Raum schien zu schrumpfen, die Wände drückten mit dem Gewicht der bevorstehenden Aufgabe auf ihn ein. Banks presste seinen Kiefer zusammen, das Bild von Annie und Ethan brannte hinter seinen Augenlidern und trieb ihn in die Dunkelheit, durch die er heute Nacht navigieren musste.

Er war bereit, das zu tun, was getan werden musste.

Bedächtig begann Banks zu packen. Er beseitigte alle Spuren, dass er je hier gewesen war. Er fegte seine Habseligkeiten in seinen Koffer – eine Kaskade aus Stoff und Notwendigkeiten –, jeder Gegenstand ein Zeugnis für die Vergänglichkeit seines Aufenthalts in *Serenity Peaks*. Kleidung, Toilettenartikel, Andenken; nichts hatte jetzt noch Bedeutung. Jedes in die Tasche geworfene Kleidungsstück war ein weiterer Schritt weg von diesem Ort falscher Ruhe. Als er fertig war, wischte er Arbeitsflächen und Schränke ab, um keine Fingerabdrücke zu hinterlassen.

Er ließ einen einzelnen schwarzen Hoodie über einem Stuhl hängen – ein Ausreißer in dem Tumult. Er schnappte ihn sich, der Stoff kühlte seine Fingerspitzen, ein starker Kontrast zu der Wärme, die er versprach. Als er ihn über den Kopf zog, spürte er den Schutz der Anonymität, den er bot. Eine dunkle Silhouette vor dem Hintergrund rustikalen Idealismus.

Die Schreibtischschublade gab ein leises Knarren von sich, als Banks sie öffnete und eine Waffe und Munition enthüllte, die er versteckt hatte. Metall küsste Metall, als Banks die Waffe lud, ein leises Klicken, als sich die Kugeln mit den Kammern ausrichteten. Er schnappte das Magazin an seinen Platz, das Geräusch endgültig, entscheidend. Sein Daumen streichelte den kalten Stahl. Ein vertrauter Freund.

Ein tiefer Atemzug füllte seine Lungen, sein Ausatmen ein stilles Signal zum Aufbruch. Er würde für die Taschen zurückkommen, wenn der Job erledigt war, und weit weg von diesem Ort gehen, zurück in das Leben, das er kannte. Die Tür schloss sich hinter ihm mit einem gedämpften Klicken und übergab ihn der Umarmung der Nacht. Schatten klammerten sich an seine Gestalt, als er auf welches Ende auch immer wartete, zuschritt. Pflicht, in Dunkelheit gehüllt, trieb ihn vorwärts. Was auch immer *Serenity Peaks* ihm zu bieten versucht hatte, es war nicht genug gewesen. Seine Mission, klar und unerbittlich, besaß ihn jetzt.

# KAPITEL EINUNDDREISSIG

ALS BANKS die Veranda von Annie und Ethans Hütte betrat, wurde ihm bewusst, dass das Gebäude eine exakte Kopie seiner eigenen Unterkunft war. Hier in *Serenity Peaks* wurden die Hütten nach Spezifikation gebaut. Jede Wohnstätte war ähnlich in Größe und Form - keinem Bewohner wurde eine größere Hütte als anderen angeboten. Das war das Besondere an diesem Ort - er erinnerte einen Mann daran, dass er genauso war wie jeder andere. Es gab keinen Platz für Macht oder Gier. Die Menschen lebten gleich und sie starben gleich.

Und heute Nacht... war Annie und Ethans Reihe zu sterben.

Banks' Finger tanzten mit geübter Anmut an der Vordertür der Hütte, das Schloss gab seiner geschickten Berührung nach. Die Tür öffnete sich flüsternd. Im Inneren war die Hütte dunkel. Still. Als Banks vorwärts trat, stellte er sich vor, wie er für seine Beute aussehen musste. Eine Silhouette - ein Gespenst gegen die Nacht - auf der Schwelle innehaltend. Er schlüpfte hinein, das Gewicht der Waffe in seiner Sweatshirt-Tasche ein vertrauter Trost.

Schritt für vorsichtigen Schritt drang er in die Leere vor,

jeder Sinn angespannt nach dem verräterischen Knarren von Dielenbrettern oder dem leisesten Rascheln, das Anwesenheit verraten würde. Aber Stille klebte an der Abendluft wie Spinnweben - bis sie es nicht mehr tat.

Lichter flammten auf. Banks erstarrte, seine Hand bewegte sich langsam zur Silhouette der Waffe.

»Willkommen«, ertönte Annies ruhige Stimme. Banks konnte das Lächeln in ihrer Begrüßung hören.

Als sich seine Augen anpassten, nahm Banks die Szene in sich auf. Ein Kreis von Gesichtern starrte ihn an. Ethans Kiefer war fest zusammengepresst; Fleurs Blick huschte umher, vogelartig; Tania, ihre Hände verschränkten und lösten sich; Guru Mett, eine unlesbare Sphinx; Cords Grinsen, das Nervosität verbarg; Mark, ungerührt wie Stein. Sie saßen im Kreis. Die gesamte Kommune hatte sich versammelt, minus einer Person.

In der Mitte lockte ein leerer Stuhl.

»Setz dich«, fuhr Annie fort und deutete mit einem Kopfnicken auf den leeren Stuhl. Neben ihr bewegte sich Ethan und lenkte Banks' Aufmerksamkeit auf eine Waffe, die auf seinem Knie ruhte und direkt auf Banks gerichtet war. Annie schien zu bemerken, dass Banks die Anwesenheit der Waffe registriert hatte. »Eine Versicherungspolice«, sagte sie und lächelte ihn wieder an. »Ich hätte lieber auf die Anwesenheit einer Waffe verzichtet, aber Ethan hier bestand darauf -«

»Es ist wichtig, dass wir auf Augenhöhe sind, findest du nicht?«, nickte Ethan Banks zu, sein Finger nah genug am Abzug, um in einem Augenblick alles zu verändern.

»Ihr wusstet, dass ich kommen würde?«, fragte Banks und bewegte seine Hand in Richtung seiner Sweatshirt-Tasche.

»Bevor du dich entscheidest, das zu benutzen«, sie nickte zu seiner Tasche, »solltest du wirklich Platz nehmen. Das Spiel, das Russel für uns alle zum Spielen hinterlassen hat, war ein ziemliches Abenteuer, und es wäre schade, wenn du die letzte Runde verpassen würdest.«

Banks maß die Entfernung zwischen ihnen ab, kalkulierte die Chancen. Sieben gegen einen. Seine trainierten Hände könnten kurzen Prozess mit ihnen allen machen, wenn er wollte, aber die Neugier nagte an ihm. *Welches Spiel?*

»Banks«, sagte Fleur und blickte mit ihren großen, kätzchenhaften Augen zu ihm auf. »Es würde uns wirklich viel bedeuten, wenn du dich setzen würdest.«

Banks spürte, wie sich sein Magen umdrehte, und gab nach, als seine Beine ihn zum leeren Stuhl trugen.

»Gut«, knurrte er, der kollektive Atem der Kommune ein stiller Druck in seinem Rücken. Seine Hand bewegte sich weg von der versteckten Waffe in seiner Tasche. Vorerst. »Redet.«

Banks wartete, seine Haltung steif, jeder Muskel eine gespannte Feder. Die Augen der Kommune waren auf ihn gerichtet. Niemand wagte es wegzuschauen.

»Ich bin so froh, dass alle hier zusammen sind«, sagte Annie und klatschte in die Hände, als wäre sie die Leiterin eines bunt zusammengewürfelten Sommerlagers. »Dies war eine sehr - persönliche Untersuchung - und ich weiß, wie viel Russel euch allen bedeutet hat. Heute Abend wollte ich, dass alle zusammenkommen, damit ich meine Schlussfolgerung in dieser Angelegenheit teilen kann.« Annie hielt inne und räusperte sich. »Lasst uns mit einem grundlegenden Element beginnen, etwas, das wir alle wissen müssen, damit die restlichen Hinweise in diesem Puzzle an ihren Platz fallen. Leider, Tania«, Annie wandte sich an Tania und zuckte mit den Schultern, »es beinhaltet das Teilen von Details über die Vergangenheit mehrerer Bewohner.«

Tania zuckte zusammen und sah besorgt aus angesichts des bevorstehenden Bruchs der Kommunenregeln. »Eigentlich, Annie, würde ich es wirklich vorziehen, wenn du nicht -«

»Danke für dein Verständnis!«, rief Annie aus und nickte eifrig, während sie trotz Tanias Protesten fortfuhr. »Bevor

Russel Grey in *Serenity Peaks* ankam, war er Teil einer kriminellen Organisation namens... 'Das Kollektiv'.«

Gemurmel hallte durch den Raum. Guru Mett und Tania tauschten einen Blick aus. Cords Mund klappte auf, sein Ausdruck verdutzt. Nur Fleur und Banks wirkten ungerührt von dieser Information. Fleur nickte, ihre blaugrünen Augen auf Banks fixiert, ihr Ausdruck eine Mischung aus Entschlossenheit und Kummer.

»Das Kollektiv ist ein organisierter Verbrechensring, der sich mit allerlei schlechtem Verhalten beschäftigt, von Menschen- und Drogenhandel bis hin zu Cyberkriminalität. Sie neigen dazu, ihre Mitglieder zu finden, wenn sie am verwundbarsten sind, und adoptieren sie fürs Leben.«

Annie blickte Banks an, als sie die Gruppe beschrieb, und er widerstand dem Drang wegzuschauen.

»Russel trat bei, als er jung und leicht zu manipulieren war - zu formen. Aber im Laufe der Jahre begann er, Zweifel zu hegen. Er konnte ihre Methoden nicht länger tolerieren«, fuhr Annie fort. »Und als er erfuhr, dass er eine jugendliche Tochter hatte, von der er nie gewusst hatte - die in das Kollektiv hineingeboren worden war - ging er und nahm sie mit. Sie suchten beide Zuflucht hier, in *Serenity Peaks*.«

Es gab einen langen Moment, als der Gruppe die Erkenntnis dämmerte. Tania keuchte und legte eine Hand über ihren Mund. »Fleur, Russel war -?«

»Mein Vater«, bestätigte Fleur nickend. »Er dachte, es wäre für alle sicherer, wenn wir es geheim hielten.«

»Weil die Arme des Kollektivs weit reichen«, nickte Annie. »Er sorgte sich, dass sie euch finden könnten, selbst abseits des Netzes. In dieser Hinsicht fand Russel, denke ich, Sicherheit, aber keinen Frieden«, überlegte Annie laut. »Er erkannte - genau wie ich es getan hätte -, dass der einzige Weg, jemals Sicherheit für sein Kind zu gewährleisten, darin bestand, die Gruppe ein für alle Mal zu zerstören. Er musste zerlegen, wovon er geflohen war. Andernfalls würde es immer einen weiteren Schatten geben, vor dem man fliehen musste. Und so änderte sich Russels Ziel. Er wollte nicht nur dem Kollektiv entkommen. Er wollte, dass die Gruppe für immer zerstört wird. Und so arbeitete er an seinem Plan. Und es begann...« Annie lächelte Ethan an. »Mit uns.«

»Mit *euch?*«, fragte Tania verwirrt. »Aber Russel war schon tot, als ihr ankamt.«

»Stimmt«, stimmte Annie zu. »Aber Russel wusste von Ethan und mir, bevor einer von uns beiden etwas von ihm oder sogar dem Kollektiv erfuhr. Russel ging die Geschichte des Kollektivs durch und suchte nach anderen, die vielleicht eine ähnliche Rache gegen die Gruppe haben könnten. Vielleicht erkannte er, dass es unmöglich war, sie allein zu Fall zu bringen. Vielleicht verstand er die Kraft der Zusammenarbeit mit einer Gruppe. Ich möchte denken, dass er das hier gelernt hat«, Annie lächelte Tania an. »Ich möchte glauben, dass ihr alle ihn das gelehrt habt.«

Tanias Gesicht errötete und ein erstickter Laut entfuhr ihrer Kehle. Sie versuchte, die Tränen zurückzuhalten, aber sie kamen trotzdem.

»Deshalb hat Russel vor einem Jahr seinen engen Vertrauten Mark um einen Gefallen gebeten.«

Alle Augen richteten sich auf Mark, der sich auf seinem Stuhl bewegte. »Er bat mich, den Truck zu nehmen und einen Brief zu überbringen. Einen Brief an Annie.«

»Was stand darin?«, fragte Tania.

»Der Brief bat um meine Hilfe bei der Aufklärung eines Mordes«, nickte Annie. »Mir ist jetzt klar, dass Russel Ethan und mich wieder zusammenbringen wollte. Er war, wie ihr alle erzählt habt, ein echter Spieler und dachte langfristig. Ich glaube, er wollte, dass ich einen Fall löse, der mich an den Tod meines Bruders erinnerte. Mein Bruder wurde getötet und Ethans Schwester wurde von einem Serienmörder entführt, der nur als der Immobilien-Ripper bekannt war. Mit dem, was wir hier erfahren haben, glaube ich jetzt, dass

Russel den Mann kannte, der ihnen das angetan hat. Und - wenn unser digitaler Forensiker Recht hat - nutzte Russel seinen eigenen Zugriffstoken, um Verbrechen zu verfolgen, während sie passierten, auf der Suche nach dem perfekt ähnlichen Mord. Als er einen fand, sorgte er dafür, dass Mark mich auf den Fall ansetzte.«

»Das klingt alles unmöglich«, sagte Tania und wedelte mit der Hand in der Luft. »Russel konnte keine Verbrechen von der Kommune aus verfolgen. Wir erlauben hier nicht einmal private Computer-«

»Deshalb zog sich Russel in sein geheimes Versteck in der Wüste zurück. Alle zwei bis drei Wochen verschwand er-«

»Um Vorräte zu holen!«, widersprach Tania.

»Um seine Basis zu besuchen und seinen Gegenschlag gegen Das Kollektiv zu planen«, korrigierte Annie sie. »Russels sicherer Hafen war eine private, abgeschlossene Einrichtung, die mit einer Schlüsselkarte zugänglich war. Eine Schlüsselkarte, die ich gerade von Cord bekommen habe.« Annie lächelte Cord an.

Cord rutschte auf seinem Platz hin und her, ein Anflug von Schuld huschte über sein jugendliches Gesicht. Er blickte zu Tania, deren geflochtenes Haar im Licht schimmerte, Blumen zwischen die Strähnen gewoben.

»Ich nehme manchmal Dinge mit«, gab Cord leise zu. Er sah sich beschämt im Raum um. »Ich mag euch alle einfach so sehr und habe Angst, dass ihr eines Tages geht und ich nichts habe, um mich an euch zu erinnern. Ich habe die Schlüsselkarte von Russel genommen-«

»- von Russel, der wusste, dass du diese Neigung hast«, nickte Annie. »Und er stellte sicher, dass die Schlüsselkarte bei uns landen würde.«

Cord wandte sich zu Tania und sah sie unter seinen langen Wimpern hervor an. »Ich habe deine Ohrringe genommen«, sagte er, seine Stimme kaum mehr als ein Flüstern.

Tanias Lachen war eine überraschende Welle in der angespannten Atmosphäre. »Ich weiß«, sagte sie, ihr Ton voller Zuneigung. »Cord, du bist keine subtile Person. Ich denke, die meisten von uns kennen deine Angewohnheit.« Zustimmendes Nicken erfüllte den Raum. Tania tätschelte Cords Knie. »Es sind nur Ohrringe.«

Banks beobachtete den Austausch, die Waffe in seiner Tasche jetzt eine bleierne Last. Es fiel ihm auf, wie leicht es für die Mitglieder der Kommune war, einander zu vergeben. In der Welt, aus der er kam, existierte Vergebung nicht, und Rache war schnell.

Annie beugte sich vor, ihre Absicht war klar. »Leider hatte Russel seine Spuren nicht so gut verwischt, wie er gehofft hatte. Russel wusste, dass Das Kollektiv ihm auf der Spur war«, fuhr sie fort. »Das Kollektiv hatte Russel zur Ermordung freigegeben.«

Keuchen erfüllte den Raum. Fleur blinzelte, Angst huschte über ihr Gesicht.

»Russel wusste, dass ihm nicht viel Zeit blieb«, sagte Annie mit verengten Augen. »Also legte er eine Spur für mich aus. Er machte ein Spiel daraus.«

Banks spürte, wie sich die Ränder der Geschichte schlossen, ihre Auswirkungen zogen sich wie eine Schlinge zu. Er war Teil dieser Erzählung, und jeden Moment würde seine Rolle enthüllt werden.

»Hat er ... ein Rätsel erschaffen?«, durchbrach Cords Stimme die Stille und brach den Bann für einen Moment.

»Genau«, bestätigte Annie. »Damit ich es löse. Als wir seine Hütte durchsuchten, fanden wir heraus, dass er jedem von euch ein Spiel zugeordnet hatte. Wieder einmal verstand Russel, dass eine Gruppe von Menschen mehr erreichen kann als ein Einzelner. Also verband er jeden von euch mit einem Teil der Geschichte, ohne jemandem die ganze Wahrheit zu geben. Cord wurde dem Spiel *Sorry* zugeordnet, weil Russel darauf vertraute, dass Cords gutes Herz ihn dazu bringen würde, die Dinge zu gestehen, die er gestohlen hatte, einschließlich der Schlüsselkarte.«

»Es tat mir wirklich *leid*«, sagte Cord flüsternd.

»Und du hast das Richtige getan und uns die Schlüsselkarte gegeben«, beruhigte ihn Annie. »Von der ich glaube, dass sie uns Zugang zu Russels geheimem, gesichertem Versteck in der Wüste verschaffen wird, von dem aus er Das Kollektiv im Auge behalten hat. Aber dann - gab es noch die Frage, wie man den Standort der Einrichtung mitteilen sollte? Dafür hatte Russel Marks Namen an ein einfaches Hot-Wheels-Spiel geheftet.«

»Er wollte, dass ich ihnen den Truck gebe«, erzählte Mark der Gruppe und zuckte mit den Schultern. »Im Armaturenbrett war eine Karte mit dem Standort. Sie wurde zerstört, aber-«

»Wir haben sie nachgebaut«, stimmte Annie zu und starrte Banks direkt an. »Wir konnten die Karte mit Fleurs Hilfe neu erstellen.«

Banks' Atem beschleunigte sich. Die weibliche Detektivin war schlau. Nie hätte er sich vorgestellt, dass jemand Das Kollektiv zu Fall bringen könnte. Zum ersten Mal zog er in Betracht, dass die Gruppe vielleicht doch nicht unverwundbar war. Und - wenn jemand Russels Auftrag erfüllen konnte - dann war es die Frau, die vor ihm saß.

»Apropos Fleur«, fügte Annie hinzu. »Russel nutzte ihre Liebe zur Kunst, um sie mit dem Spiel Pictionary zu verbinden. Er wusste, dass sie detaillierte Skizzen ihres Lebens vor der Kommune aufbewahrt hatte, und vertraute darauf, dass sie uns die Geschichte ihrer Vergangenheit erzählen würde.«

»Er bat mich darum, bevor er starb«, sagte Fleur, ihre Stimme stockte. »Er ließ mich versprechen, dass ich der weiblichen Detektivin alles erzählen würde, wenn sie fragte.«

»Und dann war da noch das Monopoly-Spiel«, fuhr Annie fort. »Überlassen an Guru Mett, von dem Russel hoffte, er würde uns die Mittel zur Finanzierung eines Angriffs gegen

Das Kollektiv geben. Natürlich zögerte Guru Mett, uns diese Information zu geben, da-«

»Da ich *möglicherweise* einige riskante Investitionen mit den Geldern der Kommune getätigt habe«, gestand Guru Mett.

Tanias Mund klappte vor Entsetzen auf. »Bitte sag mir, dass du nicht-«

»Es ist alles da«, hob Mett die Hände. »Neunzig Prozent unberührt und in einem Geldmarktfonds. Die anderen zehn Prozent... nun ja... ich habe sie in Krypto investiert. Wir haben jetzt das Zehnfache von dem, womit wir angefangen haben. Ich wollte euch nur nicht beunruhigen und euch einen Grund geben, in meiner Vergangenheit zu graben.« Guru Mett blickte zu Boden. »Sie ist nicht schön.«

Es herrschte einen Moment Stille, und dann - brach Tania in Gelächter aus. »Ich *weiß*«, sagte sie.

»Du weißt es?«

»Mett, dein Wirtschaftsverbrechen war überall in den Nachrichten.« Sie schüttelte den Kopf. »Wir erlauben zwar keine Handys oder Computer, aber das Diner in der Stadt hat einen Fernseher. Ich wusste genau, wer du warst, als du zu uns kamst.«

»Und du hast mich trotzdem - reingelassen?«, fragte Mett schockiert. »Und mir die Kontrolle über unser Geld gegeben?«

Tania zuckte mit den Schultern. »Je besser ich dich kennenlernte, desto mehr glaubte ich, dass du dich geändert hattest. Dieser Ort bewirkt das bei den Menschen. Er verändert sie. Schau dich an«, sie lächelte ihn an. »Du hast dich nur entschieden, mit zehn Prozent unseres Geldes zu spielen und neunzig Prozent unangetastet gelassen. Ich würde sagen, das ist Wachstum.«

Ethan konnte nicht anders, als angesichts Tanias Naivität die Augenbrauen zu heben. Trotzdem - sie hatte einen Punkt.

Mett war vielleicht nicht völlig geläutert, aber er verbesserte sich zumindest.

»Womit wir zum letzten Mitglied kommen«, sagte Annie und warf einen Blick auf Tania. »Die Anführerin der Gruppe. Tania Wildheart. Russel hat das Spiel *Hungry Hippos* für Tania hinterlassen.

»Russel«, sagte Tania mit tränenden Augen. »Wenn ich gewusst hätte, was er vorhatte-« Tania hörte bei dem Gedanken auf zu sprechen und blickte stattdessen zu Boden.

»Um das zu verstehen, müsst ihr alle nur eines wissen«, fuhr Annie fort. »Russel wurde nicht ermordet. Stimmt's, Tania?«

Tania schüttelte den Kopf, ihr Gesicht war gerötet. »Nein«, flüsterte sie. »Nein - ich begreife es jetzt - aber es ist zu schrecklich, es laut auszusprechen.«

Annie nahm ihr die Last ab und verkündete die Wahrheit:

»Russel Grey hat sich selbst umgebracht. Er wusste, dass er auf geborgter Zeit lebte. Und er beschloss, auf seine eigene Art zu gehen, anstatt es das Kollektiv für ihn tun zu lassen. Er plante das Rätsel im Voraus, wohl wissend, dass ein Mord mich zur Ermittlung zwingen würde. Und er tötete sich auf die schmerzloseste Art und Weise: durch eine Überdosis der Lupinenpflanze.«

»Sind das nicht die kleinen lila Blumen?«, fragte Guru Mett. Er wandte sich an Tania. »Die, die du vor deiner Tür anpflanzt?«

»Ja, das stimmt«, bestätigte Tania. Sie blickte Fleur an, tiefes Bedauern in ihren Augen. »Als er mich um getrocknete Lupinen bat, dachte ich, es sei, um ihm beim Schlafen zu helfen. Wenn ich gewusst hätte, was er vorhatte, hätte ich niemals-«

»Schon gut«, sagte Fleur, Schmerz huschte über ihr Gesicht. »Er hätte einen anderen Weg gefunden, es zu tun, wenn du ihm die Lupinen nicht gegeben hättest. Sobald er sich entschieden hatte, war es beschlossene Sache.«

Tanias Finger kneteten den Saum ihres farbenfrohen Rocks. »Er sagte, er bräuchte es... um in Ruhe zu schlafen. Ich dachte wirklich, er meinte Schlaf.« Ihre Stimme brach bei dem Wort, ein Riss, durch den ihr Schmerz widerhallte. »Ich wusste nicht, dass er vorhatte...«

»Seine eigene Geschichte zu beenden«, beendete Annie den Satz für sie, mit einem ernsten Unterton in ihrer ansonsten knappen Stimme.

»Bevor *sie* es konnten«, sagte Ethan.

»Russel war allen um Züge voraus«, erklärte Annie und sah jedem im Kreis in die Augen. »Er wusste, dass sein Schicksal in seinen eigenen Händen lag. Er baute das Spiel und setzte sich selbst - und uns alle - als Figuren aufs Brett.«

»Seine letzte Tat«, fügte Ethan hinzu, »war ein letzter Widerstand gegen Das Kollektiv.«

»Russel wollte, dass sein Abgang *seine* Entscheidung war«, sagte Annie fest. »Nicht ihre. Er wusste, dass ein Attentäter auf dem Weg zur Kommune war, um ihn zu beseitigen. Und tatsächlich hatte Russel Recht. Dieser Attentäter kam nur wenige Stunden nach Russels Tod an. Er war natürlich zu spät. Aber er kam mit einem Auftrag. Und - als er ankam und feststellte, dass Russel bereits tot war - bin ich sicher, dass er einen neuen Auftrag erhielt. Stimmt das...« Annie machte eine Pause, »... Banks?«

Alle Köpfe drehten sich im Raum um, als sich alle umdrehten, um Banks anzustarren. Er erhob sich langsam von seinem Stuhl, seine Augen immer noch auf die Waffe gerichtet, die auf Ethans Knie ruhte.

»Russel hinterließ uns ein Spiel, das mit dem Attentäter verbunden war, der noch nicht eingetroffen war, als er starb. Es war Vier gewinnt. Er sagte, 'der Neueste' würde für uns 'verbinden', und jetzt ist es passiert. Banks, möchtest du dem Raum erzählen, wie du Russel töten wolltest?« Annie lächelte ihn an, als würde sie ihn zum Tee einladen. »Oder vielleicht könntest du einige Geschichten darüber teilen, wie es ist, ein

Mitglied des Kollektivs zu sein? Ich weiß, wir sind alle neugierig!«

Banks wartete einen Moment, seine Augen scannten die Menschen, die er als eine seltsame Art von Zuhause zu betrachten begonnen hatte. Bilder seiner Vergangenheit blitzten vor seinen Augen auf. Natürlich konnte er Geschichten über das Kollektiv erzählen. Aber es waren die Art von Geschichten, die ein Mann für sich behielt - die blutigen Dinge, die man unter sein Kopfkissen steckte, bevor man nachts einschlief.

»Russel bewies, dass das Erste, was sie dir beim Beitritt sagen, wahr ist«, sagte Banks mit tiefer, rauer Stimme.

»Und was ist das?«, fragte Annie.

»Das Erste, was sie dir beibringen, ist, dass der einzige Weg aus dem Kollektiv... der Tod ist.«

»*Ist* das der einzige Weg, Banks?«, forderte Annie heraus, ihre Stimme gleichmäßig. Ein wenig Bedauern zeichnete die Linien um ihren Mund. Sie hatte gehofft, Banks würde einen anderen Weg einschlagen - aber es schien, als hätte er seine Wahl getroffen.

»Der Tod ist der einzige Ausweg«, antwortete Banks. Und damit zog er die Waffe aus seiner Tasche und stürzte sich quer durch den Raum, um hinter der Kommode Deckung zu suchen, gerade als Ethan die erste Kugel abfeuerte.

# KAPITEL ZWEIUNDDREISSIG

ETHANS KUGEL LANDETE mit einem dumpfen Schlag in den Holzlatten, die die Rückwand der Hütte säumten. Banks gelang es, einen eigenen Schuss abzugeben, der jedoch in die falsche Richtung abprallte und das Glasfenster der Hütte zerschmetterte. Es war untypisch für Banks, so schlecht zu zielen, aber ein kleiner Teil von ihm sorgte sich darum, die unschuldigen Mitglieder der Kommune zu treffen. Jetzt war nicht die Zeit, dumm zu sein. Nicht die Zeit, weich zu werden. Seine nächste Kugel würde ihr Ziel finden - dafür würde er sorgen.

Banks kauerte hinter der Kommode, sein Atem ging in kurzen, scharfen Stößen. Er hörte - aber sah nicht - gedämpfte Proteste und Ausrufe von der Gruppe. Es klang, als ob die Mitglieder der Kommune versuchten, Ethan zu beruhigen. Aber Banks wusste, wie Männer wie er operierten. Er machte Ethan keinen Vorwurf, dass er zuerst geschossen hatte. Er hätte dasselbe getan.

Banks warf einen Blick auf die Gruppe, den Rücken fest gegen das raue Holz der Kommode gepresst, die Waffe fest in der Hand. Ein schneller Blick sagte ihm alles, was er wissen musste, von Annies weit aufgerissenen Augen bis zu Ethans angespanntem Kiefer und der Reglosigkeit der Kommunen-mitglieder. Die Stille wurde dicker. Jeder Herzschlag donnerte in seinen Ohren.

»Genug«, erklang Tanias Stimme und durchschnitt die Spannung.

Sie trat vor, ihre leuchtende Kleidung stach gegen die neutralen Töne des Raumes ab.

»Zurück oder ich schieße«, rief Banks.

Tania ignorierte ihn. Sie trat vor, blickte um die Seite der Kommode, die Arme hoch in die Luft gehoben. Für einen kurzen Moment traf ihr Blick auf Banks.

»Sie zittern«, bemerkte sie, nicht unfreundlich.

»Natürlich tut er das«, spöttelte Ethan von der anderen Seite des Raumes, die Hände in gespielter Verteidigung erhoben. »Er hat die Treffsicherheit eines Sturmtrupplers.«

Die Bemerkung hing in der Luft, ein absurder Rettungs-anker gegen die Schwere des Moments. Ein paar unter-drückte Kicherlaute brachen aus und erleichterten den kollektiv angehaltenen Atem.

»Ihre Waffe macht uns keine Angst, Banks«, fuhr Tania fort, ihre Stimme ruhig. Sie trat zur Sicherheit einen Schritt zurück, aber ihre Augen wichen nie von der Kommode. »Kommen Sie raus.«

Banks verstärkte seinen Griff um die Waffe. Doch unter der Skepsis schwankte etwas. Er blinzelte, einmal, zweimal, als wolle er seinen Blick oder vielleicht sein Gewissen klären. Er war ein guter Schütze. Er könnte Annie und Ethan ausschalten, dann von diesem Ort fliehen und nie zurückkehren.

»Sie sind jetzt Teil davon«, sagte Tania fest. »*Serenity Peaks* ist Ihr Zuhause. Oder es kann es sein...«

»Nicht, wenn er mich erschießt«, rief Banks' Stimme hinter der Kommode hervor. »Sagen Sie ihm, er soll die Waffe fallen lassen.«

»Kann nicht«, sagte Ethan, trat vor Annie und hielt die

Waffe weiterhin gezogen. »Tania mag das Beste von Ihnen denken, aber ich werde nicht mit Menschenleben spielen. Sie verstehen das.«

Banks' Lippen zuckten, fast unmerklich. Seine Waffe senkte sich um einen Zentimeter. »Das tue ich«, sagte er hinter der Kommode. »Wenn es etwas bedeutet, die einzigen Leben, die ich angewiesen wurde zu nehmen, sind Ihres... und *ihres*«, sagte Banks lächelnd. »Der Rest der Kommune geht frei. Ich brauche nur uns drei allein im Raum.«

»Das wird heute Abend nicht passieren«, rief Ethan ihm zu.

»Ethan ist ein guter Schütze«, erklang Annies Stimme. »Wenn ich Sie wäre, Banks, würde ich auf Tania hören.«

Guru Mett erhob sich, die Falten seines Gewandes raschelten gegen den Holzboden. Banks konnte gerade noch seine Pantoffeln sehen, die sich der Kommode näherten, ihr wolliges Futter unter einem Spalt zwischen dem Boden der Kommode und dem Kabinenboden sichtbar.

»Banks«, sagte Guru Mett. »Wenn ein Wald niederbrennt, wächst neues Leben an seiner Stelle. Ich weiß, es fühlt sich nicht so an, aber Sie können Ihr Leben jetzt neu beginnen. Alles, was Sie tun müssen, ist die Waffe fallen zu lassen und hinter dieser Kommode hervorzutreten. Jeder hier weiß, wie es ist, aus einer anderen Vergangenheit zu kommen. Aber Sie können das hinter sich lassen.«

»Keiner von euch weiß irgendetwas über mein Leben-«, flüsterte Banks, mehr zu sich selbst als zu jemand anderem.

Mark, rau und entschlossen, trat mit bedächtigen Schritten vor. »Ich wurde Terrorist, um Bäume zu retten. Dachte, ich würde der Erde Gutes tun - bevor ich erkannte, dass ich meinen Mitmenschen Unrecht tat.« Er hielt inne, nur eine Armlänge von der Kommode entfernt. »Als ich hierher kam, interessierte es niemanden, wer ich war, bevor ich beitrat. Sie können es hinter sich lassen.«

Die Waffe in Banks' Hand fühlte sich schwerer an. Eine Last statt eines Schildes.

»Jede Seele in diesem Raum«, Marks Ton wurde intensiver, »hat ihrer Dunkelheit ins Auge gesehen. Wir sind gestolpert, gefallen, aber gemeinsam - stehen wir auf.«

Die Waffe sank, einen Zentimeter, vielleicht zwei. Banks' Arm schmerzte, das Metall kalt gegen seine Haut.

»Sehen Sie diesen Ort?«, durchschnitt Tanias Stimme die Stille, ihr geflochtenes Haar schwang, als sie in die Lücke zwischen ihnen trat. »Es geht um Neuanfänge. Es geht um Gemeinschaft. Sie sind nicht mehr allein. Alles, was Sie tun müssen, ist uns zu vertrauen.«

»Er wird keinen von uns erschießen«, sagte Annie, ihre Stimme ein leises Licht im Chaos. Alle Köpfe drehten sich zu ihr um. Banks' Herz setzte einen Schlag aus. Er fragte sich, was die Detektivin über ihn wusste.

»Banks wird keinen von uns erschießen«, fuhr Annie fort, »weil er tief in seinem Inneren einen Neuanfang will. Wir haben seine Laterne im Wald gefunden. Er hatte *Das Kollektiv* darauf geschrieben. Sie haben das geschrieben, weil Sie bereit sind, sie zu verlassen, nicht wahr, Banks?«

Es kam keine Antwort, aber Tania schien Annies Worte auf sich wirken zu lassen. Im Laufe der Jahre hatte sie vielen Menschen geholfen, aus schrecklichen Situationen herauszukommen. Und es erforderte immer ein kleines bisschen Risiko. Sie trat vor.

Banks zuckte zusammen, als eine Gestalt neben ihm auftauchte. Es war Tania, die um die Ecke der Kommode spähte, die Hände immer noch erhoben. Banks richtete die Waffe auf sie, aber sie zuckte nicht zusammen. Stattdessen hockte sie sich neben ihn und setzte sich mit gekreuzten Beinen. Sie lehnte ihren Kopf gegen die Kommode und machte keine Bewegung, um Banks zu entwaffnen. Stattdessen sah sie ihn an, ihre Augen ruhig. »Vertrauen Sie mir, so wie ich Ihnen vertraue.«

Banks zögerte. Die Waffe, einst eine kalte Verlängerung seines Willens, schien nun ein fremder Gegenstand in seiner Hand zu sein. Er betrachtete sie, als sähe er sie zum ersten Mal, und bemerkte, wie das Metall im schwachen Licht matt glänzte.

»Sie werden mich nie gehen lassen«, flüsterte Banks, etwas in ihm brach weit auf. »Das Kollektiv wird mich finden. Keiner von euch wird sicher sein, wenn ich hier bleibe, und sie werden nie aufhören, mich zu jagen.«

»Banks«, begann Tania, ihre Stimme fest, doch erfüllt von einer Wärme, die jeden Winkel des schwach beleuchteten Raumes zu füllen schien, »wir können Sie beschützen. Sie sind jetzt nicht mehr allein.«

»Wie?«, fragte sich Banks.

»Ich habe darüber nachgedacht, dass es an der Zeit ist, die gesamte Kommune umzusiedeln«, seufzte Tania mit einem Hauch von Entschlossenheit in ihrer Stimme. »Ich denke, die Hütten werden langsam etwas abgenutzt. Stimmt ihr alle zu?« Sie rief es der Gruppe zu. Ein Chor von Zustimmungen antwortete. Tania wandte ihren Blick wieder Banks zu. »Fleur wird nur in Sicherheit sein, wenn wir umziehen. Und Sie auch nicht. Wir können alle gemeinsam irgendwo neu anfangen.«

Fleur tauchte aus der Ansammlung nickender Kommunenmitglieder auf, ihre Gestalt wirkte fast geisterhaft vor dem kargen Hintergrund der Holzhütte. »Mein Vater war mutig. Mutig genug, um uns einen Neuanfang zu ermöglichen. Er würde dasselbe für Sie wollen, Banks. The Collective zu verlassen ist nicht unmöglich. Wenn ich es konnte, können Sie es auch.«

Die Bodendielen knarrten unter Banks' sich verlagerndem Gewicht. Der Moment fühlte sich entscheidend an. Er wusste, dass er diese Chance nie wieder bekommen würde. Wenn ihn das Leben eines gelehrt hatte, dann dass Richtungen durch eine Sekundenentscheidung bestimmt werden. Links. Rechts.

Jede Entscheidung brachte einen Mann näher an oder weiter weg von dem, wer er wirklich war.

»Was denkst du, Mett?«, rief Tania. »Haben wir genug Geld, um irgendwo neu anzufangen?«

»Mehr als genug«, bestätigte Guru Mett.

Tania wandte sich wieder Banks zu und streckte eine Hand aus. »Also... wie wird Ihre Entscheidung ausfallen? Die Detektive erschießen? Oder ein neues Leben beginnen?«

Banks' Finger zitterten, das Gewicht der Waffe war nun eine zu schwere Last. Er starrte darauf, das kalte Metall konnte es nicht mit der Wärme aufnehmen, die sich im Raum ausbreitete - eine spürbare Verschiebung von Angst zu etwas, das der Hoffnung ähnelte.

»Legen Sie sie nieder, Banks«, drängte Tania, ihre Stimme der stetige Schlag eines furchtlosen Herzens.

In einer fließenden Bewegung legte er die Waffe in ihre Hand, die Kapitulation der Waffe ein sanfter, neuer Anfang. Tania nahm sie ihm ab und steckte sie in die Tasche ihres Rocks. Gemeinsam traten sie hinter der Kommode hervor.

Erleichtertes Ausatmen erfüllte den Raum. Lächeln brach aus.

»Gute Wahl«, murmelte Ethan, während er seine eigene Waffe senkte, aber seine Augen auf Banks fixiert hielt, falls dieser noch eine Bewegung machen würde.

Tania trat vor, die getrockneten Blumen in ihrem Haar waren zerzaust und durcheinander. Sie sah aus, als hätte sie einen Krieg durchgemacht, und sie machte sich ohne zu zögern an die Arbeit. »Packt eure Sachen, alle zusammen. Wir ziehen morgen früh um«, verkündete sie. Ihr Blick schweifte über die Gesichter vor ihr, jedes einzelne gezeichnet von Geschichten         zurückgelassener         Vergangenheiten. »Gemeinsam.«

Köpfe nickten, Entschlossenheit spiegelte sich in ihren Augen.

»Cord, kannst du eine Liste aller Gemeinschaftsgegenstände erstellen, die wir einpacken müssen? Stell sicher, dass wir nichts zurücklassen«, bat Tania.

»Kein Problem«, antwortete Cord, seine Augen weit aufgerissen bei der Vorstellung, die Kommune hinter sich zu lassen.

»Hast du eine Idee, wohin wir gehen werden?«, fragte Mark.

»Wir werden zunächst irgendwo vorübergehend unterkommen«, Tanias Worte waren ruhig und gefasst. »Dann werden wir ein neues dauerhaftes Zuhause finden.«

»Schutz«, sagte Banks, fast überrascht, seine eigene Stimme an der Gruppenplanung teilnehmen zu hören. »Wir müssen irgendwohin abgelegen gehen, um uns zu schützen. The Collective wird davon ausgehen, dass wir eine ähnliche Bergumgebung wählen, also sollten wir an einen anderen Ort ziehen. In die Wüste oder etwas Tropisches.«

»Ich fühle mich nach einer Insel«, lächelte Guru Mett.

»Wir werden verschwinden«, stimmte Tania zu. »Zu Flüstern im Wind werden.«

»Flüstern«, echote Fleur leise. Sie konnte nicht anders, als zu Banks hinüberzublicken. Sie *sollte* ihn hassen für das, was er getan hatte - was er zu tun versucht hatte. Aber sie wusste besser als die meisten, woher er kam, und verstand das Bedürfnis nach Erlösung.

»Neu anfangen«, murmelte Banks und traf jeden Blick. »Gemeinsam.«

Tania wandte sich an Annie und Ethan. »Ich nehme an, Sie beide werden zu dem Ort weiterziehen, den Russel für Sie hinterlassen hat?«

»Sieht so aus«, stimmte Annie zu. »Aber wir werden jeden Einzelnen von euch nie vergessen.« Ihre Augen verweilten auf Banks, dem die Chance gegeben wurde, neu anzufangen. Trotz ihrer Abneigung gegen Kriminelle konnte Annie nicht anders, als zu hoffen, dass er die Gelegenheit nicht verschwenden würde.

Der Raum summte vor Energie, ein Bienenstock lebendig mit Zielstrebigkeit. Banks stand unter ihnen, nicht länger der Außenseiter mit einer Waffe, sondern ein Mitglied einer Familie, die er nie zu finden erwartet hatte.

# KAPITEL DREIUNDDREISSIG

ANNIES STIEFEL KNIRSCHTEN über die gefallenen Blätter, als sie vor der Ansammlung von Hütten stand, die *Serenity Peaks* ausmachten. Der Mond hing schwer am Himmel und warf einen silbernen Schein über die geschäftige Kommune.

»Es wird nie mehr dasselbe sein«, sagte eine Stimme neben ihr. Es war Ethan, an ihrer Seite, wie er es immer gewesen war. Er hatte die Gabe, das in Worte zu fassen, was Annie fühlte, wenn sie es selbst nicht konnte. »Sie haben alles verloren.«

Annie beobachtete, wie die Mitglieder der Kommune um die Hütten herumwuselten. Cord schlurfte neben Guru Mett her und ging eine Liste von Gegenständen durch. Fleur kam aus einer Hütte, Mark dicht auf den Fersen, ihre Arme voller Dinge, die wie ihre Zeichen- und Malutensilien aussahen.

»Nicht alles«, sagte Annie.

In diesem Moment kam Tania auf sie zu, die Arme verschränkt. »Zeit für euch beide, die Straße unter die Räder zu nehmen, nehme ich an«, sagte Tania.

Annie sah weg, ein seltsames Gefühl stieg in ihrer Brust auf. »Ich bin nicht gut in Abschieden.«

Tanias Hände ruhten auf ihren Hüften, eine Silhouette, gerahmt vom Chaos des Aufbruchs. »Abschied?« Sie lachte auf. »Das ist kein Ende, Annie. Es ist eine Fortsetzung.«

Annie nickte und wollte gerade antworten, als ein metallisches Klingeln das Gespräch durchschnitt. Mark stand ein paar Meter entfernt, die Schlüssel des Trucks um seinen Finger kreisend. Er warf sie zu Annie, die sie mit geübter Hand aus der Luft fing.

»Bringt sie zu Fall«, sagte er, die Intensität in seinen Augen passte zur Schwere seiner Worte.

»Bis zum Boden«, echote Fleur und trat neben ihn. Ihre Hand streckte sich aus, die Finger entfalteten sich und enthüllten eine gefaltete Karte, deren Ränder abgenutzt, aber deren Linien frisch waren, die Tinte noch kräftig. Sie reichte sie ihnen. »Mark und ich haben sie so gut wie möglich nachgezeichnet, aber ich habe das Gefühl, ihr werdet trotzdem noch etwas graben müssen, um den genauen Standort des Safehouse meines Vaters zu finden.«

»Mit Annie sollte das kein Problem sein«, lächelte Mark.

»Wir werden es finden«, sagte Annie und steckte den Schlüssel und die Karte ein. Entschlossenheit verhärtete sich, als ihr Blick Ethans Augen traf. Auf der anderen Seite der Kommune trat eine schattenhafte Gestalt aus einer Hütte und näherte sich ihnen in gebeugter Haltung: Es war Banks, der kam, um sich zu entschuldigen. Er näherte sich vorsichtig und hielt Abstand zu Ethan.

»Wenn ihr etwas braucht, kann ich helfen«, sagte Banks, so als hätte er nicht Momente zuvor vorgehabt, sie beide zu erschießen. Er hielt inne, als er den Blick in Ethans Augen bemerkte. »Ich meine es ernst«, fügte er hinzu. »Ich fange neu an. Das ist ein neues Ich.«

Ethan musterte Banks von Kopf bis Fuß, griff dann in seine Tasche, holte ein Prepaid-Handy aus einer inneren Tasche und drückte es Banks in die Hand. Das Gerät war kalt, zweckmäßig.

»Gehört jetzt dir«, sagte Ethan, seine Stimme leise, aber deutlich. »Wir rufen an, du antwortest.«

»Verstanden.« Banks' Finger schlossen sich um das Telefon, sein Nicken war langsam, entschlossen.

»Versuch nicht, die Nummer zurückzurufen, die wir benutzen - es wird nicht funktionieren. Du bist ein Informant und das ist alles«, fuhr Ethan fort, »Können wir uns auf dich verlassen?«

»Das könnt ihr«, bestätigte Banks, sein Blick unverwandt, ein stilles Versprechen hing in der Luft. »Ich will, dass The Collective genauso erledigt wird wie jeder andere. Mein Leben könnte davon abhängen.«

Annie beobachtete den Austausch mit falkenartiger Intensität. Dann verlagerte sie ihre Aufmerksamkeit auf den weißen Pickup-Truck, der startbereit geparkt war. Sie drehte den Schlüssel in ihren Händen und nickte Ethan zu. Gemeinsam gingen sie zum Truck. Die Türen schlossen sich mit einem leisen Knall, der das Ende ihrer Zeit in der Kommune zu signalisieren schien.

»Fertig?«, fragte Ethan, der bereits hinter dem Steuer saß.

»Lass uns fahren«, antwortete Annie, ihr Ton gleichmäßig, nichts von den wirbelnden Gedanken in ihrem Inneren verratend.

Der Motor erwachte brüllend zum Leben, ein Grollen, das in der Symphonie der Wildnis verklang. Staub wirbelte hinter ihnen auf, als sie *Serenity Peaks* verließen, die Kommune schrumpfte zu einem Fleck im Rückspiegel. Annie hielt die handgezeichnete Karte hoch und überlegte, was ihr nächstes Ziel sein würde.

»Antworten in der Wüste?«, durchbrach Ethans Stimme das Brummen der Straße.

»Vielleicht«, sagte Annie, ihr Blick auf den Horizont gerichtet, wo die Sterne am Himmel funkelten.

»Glaubst du, Banks hat wirklich die Kurve gekriegt?«, bohrte Ethan weiter nach und warf Annie einen Blick zu.

Annie zögerte und dachte darüber nach, was es bedeutete, Teil einer Gruppe zu sein. Banks hatte die Möglichkeit, noch einmal von vorne anzufangen, diesmal - mit einem Team hinter sich. Auf ihren Reisen hatten Annie und Ethan so viele Menschen getroffen, für die es sich zu kämpfen lohnte. Und - obwohl eine karge Wüste auf sie wartete - wusste Annie mit Sicherheit, dass sie nicht mehr allein waren.

»Ich zähle darauf«, antwortete sie, ihre Stimme gleichmäßig, ein Spiegelbild von Banks' früherer Zusicherung. Überzeugung trieb ihre Worte an, eine Verbindung zu der Hoffnung, dass alle Menschen eine zweite Chance verdienten.

Annie nahm die Weite des Horizonts in sich auf, die sich über dem Rand der Berge offenbarte. Sie wusste - irgendwo da draußen wartete The Collective auf sie. Suchte nach ihnen.

Und Annie konnte es kaum erwarten, gefunden zu werden.

# MORD IN DER WÜSTE

Nachfolgend finden Sie einen besonderen Auszug aus „Mord in der Wüste", dem fünften Buch der Krimireihe „Privatdetektivin Annie Hudson", jetzt erhältlich!

---

Kapital Eins

Staub wirbelte hinter dem weißen Pick-up auf, als dieser nach Rachel, Nevada, hineinrumpelte. Annie spähte aus dem Fenster und betrachtete die Wüste, die sich vor ihr ausbreitete. Sie schien sich endlos zu erstrecken, eine weite Fläche aus goldenem Sand und verstreuten Felsen, wobei die Hitze wie Wellen vom Sediment aufstieg. Der Himmel darüber war tief und endlos blau, und die rostfarbenen Berge in der Ferne unterstrichen nur die Tatsache, dass Annie und Ethan in ein Fischglas hineingefahren waren. Nevadas Wüste bildete das Becken eines Behälters mit glatten Seiten und steilen Anstiegen. Annie musste an die Geschichte von der Maus denken, die in eine Schüssel mit Milch gefallen war und so heftig paddelte, um zu entkommen, dass sie die Milch zu Butter schlug und einfach hinausklettern konnte. Annie stellte sich selbst als diese Maus vor, die sich an den Seiten der imposanten Klippen hochkämpfte, die Nevadas milchigen Wüstenboden umgaben.

Sie waren früh am Morgen angekommen. Annie sah auf ihre Uhr. Es war fast 6 Uhr morgens. Gerade richtig für einen Kaffee.

Sie hielt die Karte in ihren Händen noch fester. Handgezeichnete rote Linien – perfektioniert durch Fleurs sorgfältige Kunstfertigkeit – trieben sie vorwärts. Jede Falte auf der Papierkarte fühlte sich wie eine potenzielle Spur an, eine versteckte Nachricht, die den Standort von Russels Gelände enthüllen könnte.

»Irgendeine Idee, wo wir anfangen sollen?«, durchschnitt Ethans Stimme das Brummen des Truckmotors.

»Noch nicht«, antwortete Annie, ohne ihn anzusehen. Ihr Finger fuhr eine Linie auf der Karte entlang, hielt an bestimmten Punkten inne und drückte dann, als wolle sie einen Hinweis herbeizwingen. »Fleur und Mark konnten uns nach Rachel bringen. Der Karte nach zu urteilen, scheint Russels Gelände in diesem Kreuzungsbereich zu liegen, weniger als eine Meile nördlich der Stadt, mitten in der Wüste. Abgesehen davon sind wir auf uns allein gestellt.«

»Könnte genauso gut die Suche nach der Nadel im Heuhaufen sein«, antwortete Ethan. Er behielt die Straße im Auge. »Russels Gelände könnte alles sein. Eine falsche Geschäftsfront. Eine unterirdische Anlage. Wo fangen wir an?«

»Bei den Bewohnern der Stadt«, antwortete Annie. »Sie müssen ihn schon gesehen haben. Er blieb wochenlang hier. Er *muss* in Rachel angehalten haben, um zu tanken und zu essen. Es gibt sonst nichts in der Umgebung.«

Ethan antwortete nicht. Die Stille zwischen ihnen dehnte sich aus, bis sie fast greifbar war. Schließlich durchbrach Ethan sie.

»Dieser Halt fühlt sich anders an.«

»Ich weiß«, stimmte Annie zu. Sie musste nicht sagen, warum.

»Das Komische an dem, was wir durchgemacht haben, ist, dass ich nicht an sie denke – Megan – bis ich es tue«, sagte Ethan leise und bezog sich auf seine Schwester, die vor langer Zeit verschwunden war. »Glaubst du, das macht mich zu einem schlechten Menschen?«

»Nein«, Annie schüttelte den Kopf. »Ich denke, es macht dich zu einem Überlebenden. Hör mir zu, Ethan«, sie legte eine Hand auf sein Bein, wodurch Ethans Blick von der Straße abgelenkt wurde. »Wir werden dieses Gelände *finden*. Und wenn wir das tun, können wir das Kollektiv ausschalten«, sagte Annie zu ihm.

»Fühlt sich nicht so an. Fühlt sich an wie eine Jagd ohne Ende.«

»Nein. Wir sind nah dran.«

»Vielleicht«, sagte Ethan. Annie konnte eine tiefere Sorge in Ethans Stimme hören, entschied sich aber – ausnahmsweise – dazu, nicht nachzuhaken. »Hast du Russels Schlüsselkarte?«, fragte Ethan.

»Genau hier.« Annie klopfte auf die Tasche ihrer Hose, in der das Plastikkartenrechteck durch den Stoff gegen ihren Oberschenkel drückte.

»Gut. Wenn wir es finden, begutachten wir, was da ist, holen, was wir brauchen, und verschwinden wieder. Unauffällig und schnell. Ich mag es nicht hier draußen. Zu abgelegen. Macht mich nervös.«

Normalerweise bevorzugte Annie es, auf dem Land zu sein, aber jetzt – angesichts einer so weiten und flachen Wüstenlandschaft, die bereit schien, in sich zusammenzufallen – stimmte Annie zu. »Unauffällig und schnell«, wiederholte sie und dachte darüber nach, wie die Wüste sie an die Oberfläche eines fremden Planeten erinnerte.

Der Truck wurde langsamer, als sie sich den Stadtgrenzen

näherten, und die Realität ihrer Mission traf sie mit voller Wucht. Kleine Gebäude boten den einzigen anderen Menschen im Umkreis von Stunden Unterschlupf. Wieder trat Stille ein, aber sie war jetzt anders – geladen mit Zielstrebigkeit, mit dem Wissen, dass jede Sekunde sie näher an die Wahrheit brachte.

Ein Schild hieß sie willkommen:

RACHEL, NEVADA.

Einwohnerzahl: 20.

»Zwanzig Leute?«, lachte Ethan. »Sollte nicht schwer sein, jemanden zu finden, der Russel getroffen hat.«

»Schau noch einmal«, Annie nickte zu einem zweiten Schild weiter unten an der Straße. Darauf stand:

»Heimat der meisten UFO-Sichtungen in Amerika.«

»Vielleicht können uns die Aliens helfen, Russel zu finden«, sagte Annie lächelnd.

»Kann nicht glauben, dass Leute tatsächlich an Aliens glauben«, Ethan schüttelte den Kopf und bog ab.

Die Reifen des Trucks knirschten über den Kies, als sie offiziell Rachel, Nevada, betraten, eine Ansammlung von Fata-Morgana-ähnlichen Gebäuden, die sie willkommen hieß. Alien-Kitsch schmückte jede Ecke: eine Tankstelle mit einem in die Zapfsäule gestürzten UFO, ein Motelschild mit einer grünen Figur, die zum Gruß winkte, und Straßenlaternen, die mit fliegenden Untertassen gekrönt waren. Annie nahm die seltsame kleine Stadt mit vor Staunen geweiteten Augen in sich auf.

»Planet Erde an Annie«, scherzte Ethan und nickte in Richtung eines Cafés mit einer Werbung für »*Galaktischen Fraß*« in Neonschrift. »Glaubst du, sie servieren hier kleine grüne Männchen auf Toast?«

»Nur, wenn sie in Frieden kommen.«

Ethan lächelte, aber es war flüchtig und wurde durch die gefurchte Stirn der Konzentration ersetzt, während er durch die ruhigen Straßen navigierte. Die Stadt wirkte verlassen, abgesehen von einem streunenden Hund, der sie desinteressiert vorbeifahren sah. Er saß auf seinen Hinterbeinen und hechelte in der Hitze, das Fehlen eines Halsbandes signalisierte, dass er niemandem in der Stadt gehörte.

»Unheimlich, nicht wahr?«, sinnierte Annie und spähte auf die leeren Bürgersteige. »Die Stadt liegt in der Nähe von Area 51, aber niemand scheint für einen Besuch anzuhalten.«

»Als jemand, der selbst für eine Regierungsbehörde arbeitet, kann ich dir sagen – die Leute, die in Area 51 an Flugzeugen arbeiten, verlassen die Basis nicht«, sagte Ethan. »Sie werden im Dunkeln gehalten und entwickeln den nächsten Tarnkappenbomber. Diese Stadt existiert für Touristen.«

»Du glaubst also nicht, dass die Crews in Area 51 daran arbeiten, fliegende Untertassen zurückzuentwickeln?«

»Natürlich nicht«, antwortete Ethan.

Sie fuhren an einem RV-Park vorbei, der als »National RV« gekennzeichnet war, sein Schild witterungsgeschädigt und sanft im Wind schwingend. Eine Handvoll anderer Wohnmobile stand verstreut herum, leblos. Eine amerikanische Flagge hing schlaff an einer Stange, und ein kleiner aufblasbarer Pool wirkte wie ein kläglicher Versuch einer Oase.

»Der RV-Park«, sagte Annie scharf, als ihre Detektivinstinkte erwachten. »Meinen Recherchen zufolge ist es der einzige Ort in der Stadt, an dem man ein Zimmer bekommen kann.«

»Verstanden«, bestätigte Ethan und tippte mit den Fingern auf das Lenkrad. »National RV Park. Möglicher Punkt von Interesse.«

»Alles ist ein möglicher Punkt von Interesse«, antwortete Annie, ihr Blick auf den Park gerichtet, als sie vorbeifuhren. »Bis wir Russels Gelände finden.«

»Wie wäre es damit?«, sagte Ethan und nickte die Straße entlang zu einem Diner. »Das Stadtrestaurant scheint ein guter Ausgangspunkt zu sein.«

Der Pick-up kam knurrend zum Stehen, Staub wirbelte

um seine Reifen. Ein Diner namens »Alien Eats« ragte vor ihnen auf, ein Leuchtfeuer des Kitsches in der Wüstenhitze. Eine UFO-Skulptur stand draußen, um Gäste zu begrüßen, aber es war nicht die Skulptur, die Ethan stöhnen ließ. Es war das gelbe Absperrband, das den Diner umkreiste, und ein geparktes Sherifffahrzeug mit blinkenden Lichtern.

»Warum folgt uns der Ärger immer?«, fragte Ethan. »Wir sollten wegfahren«, sagte er, mehr zu sich selbst als zu Annie. »Wir sind auf einer Mission, und es macht keinen Sinn, sich in etwas einzumischen, das nichts mit uns zu tun hat.«

»Das könnte *alles* mit uns zu tun haben«, konterte Annie und setzte sich aufrechter in ihren Sitz, um einen Blick auf die blinkenden Lichter des Streifenwagens zu werfen. »Außerdem ist es vielleicht kein Mord. Hier draußen könnte es etwas Kleines sein, wie ein Raubüberfall oder sogar... eine Entführung?« Annie grinste über ihren eigenen Witz.

»Ich hoffe auf eine Entführung«, sagte Ethan, bevor sein Gesicht ernst wurde. »Du glaubst doch nicht, dass ›Das Kollektiv‹ uns zuvorgekommen ist? Dass sie Russels Gelände bereits gefunden und zerstört haben, und was auch immer in diesem Diner vor sich geht, damit zu tun hat?«

»Es gibt nur einen Weg, das herauszufinden«, sagte Annie. Sie öffnete die Beifahrertür des Trucks, ihre Füße landeten mit einem dumpfen Geräusch auf den Steinen. Ethan folgte ihr, und beide näherten sich dem Absperrband, beide überrascht über die mangelnde Polizeipräsenz. Es gab keine Fanfare. Keine Ansammlung von Polizeiautos. Stattdessen stand das einzelne Sherifffahrzeug auf dem Asphalt und bat Eindringlinge, fernzubleiben.

»Ich wette, sie haben hier draußen nicht viele Strafverfolgungsressourcen«, sagte Annie, als sie unter dem Absperrband hindurchschlüpfte, ein grimmiges Lächeln auf ihren Lippen. »Weißt du, für zwei Leute, die behaupten, Ärger nicht zu mögen, scheinen wir ihn immer zu finden.«

Ethan grunzte, seine Augen verließen nicht die schattigen

Fenster des Diners. »Ärger hat nichts gegen dich, Hudson. Er sieht dich kommen und läuft in die andere Richtung. Ich hoffe nur, dass es diesmal kein Mord ist.«

———

Um das Abenteuer fortzusetzen, lesen Sie „Mord in der Wüste", jetzt erhältlich!

# MEHR VON VALERIE BRANDY

Weitere Bücher von Valerie Brandy, jetzt erhältlich:

<u>Die Privatdetektiv-Krimiserie mit Annie Hudson</u>

1. »Mord hinter den Toren« - Die Privatdetektiv-Krimiserie mit Annie Hudson, Buch Eins
2. »Mord in der Dachterrassenwohnung« - Die Privatdetektiv-Krimiserie mit Annie Hudson, Buch Zwei
3. »Mord auf dem Bauernhof« - Die Privatdetektiv-Krimiserie mit Annie Hudson, Buch Drei
4. »Mord in der Genossenschaft« - Die Privatdetektiv-Krimiserie mit Annie Hudson, Buch Vier
5. »Mord in der Wüst« - Die Privatdetektiv-Krimiserie mit Annie Hudson, Buch Fünf

<u>Die Predator Prey Thriller-Serie</u>

1. »Die Spur der Besessenheit« - Die Predator Prey Thriller-Serie, Buch Eins

2. »Unsere Lügen sitzen tief« - Die Raubtier / Beute Thriller-Reihe, Buch Zwei
3. »Die Falle ist gestellt« - Die Raubtier / Beute Thriller-Reihe, Buch Drei
4. »Eine Frau im Wind« - Die Raubtier / Beute Thriller-Reihe, Buch Vier

# BRIEF DER AUTORIN

Liebe Leserin, lieber Leser,

vielen Dank, dass Sie Ihre Zeit der Welt von Annie Hudson und der Real Estate Mystery-Reihe widmen! Ich bin Drehbuchautorin und Filmemacherin, die von Film und Fernsehen zu Büchern gekommen ist. Was ich an Büchern besonders liebe, ist der direkte Kontakt zu einer Lesergemeinschaft. Es ist etwas ganz Besonderes, mit Ihnen zu sprechen und zu erfahren, was Sie sich von den Charakteren in unseren Romanen wünschen.

Ich hoffe, Sie melden sich bei mir, indem Sie sich über den unten stehenden Link für meinen Newsletter anmelden! Ich informiere meine Leser gerne über Neuerscheinungen, biete Vorabexemplare, kostenlose Novellen, Vorschauen und vieles mehr an.

Wenn Ihnen Annie Hudson gefallen hat, hoffe ich, dass Sie den Rest der Serie weiterlesen, die ständig wächst!

Und wenn Sie generell mehr von mir lesen möchten, schauen Sie sich bitte die Liste meiner Bücher auf der vorherigen Seite an.

Herzlichst,

- Valerie Brandy

# DANKSAGUNGEN

An Gott und die positive Energie des Universums und alle kreativen Musen.

An meine Mutter, Freunde, Familie und Haustiere.

An die Leser.

An die Schriftsteller- und Autorengemeinschaft, mit Liebe.

www.ingramcontent.com/pod-product-compliance
Lightning Source LLC
Chambersburg PA
CBHW020804310726

48969CB00002B/686